# 生命的内涵

唐继芳·编著

吉林文史出版社

图书在版编目（CIP）数据

生命的内涵 / 唐继芳编著. —长春：吉林文史出
版社，2017.5
ISBN 978-7-5472-4291-9

Ⅰ.①生… Ⅱ.①唐… Ⅲ.①杂文集—中国—当代
Ⅳ.①I267.1

中国版本图书馆CIP数据核字（2017）第134818号

# 生命的内涵
Shengming De Neihan

编　　著：唐继芳
责任编辑：李相梅
责任校对：赵丹瑜
出版发行：吉林文史出版社（长春市人民大街4646号）
印　　刷：永清县晔盛亚胶印有限公司印刷
开　　本：720mm×1000mm　1/16
印　　张：12
字　　数：129千字
标准书号：ISBN 978-7-5472-4291-9
版　　次：2017年10月第1版
印　　次：2017年10月第1次
定　　价：35.80元

# 目 录

## CONTENTS

# 第一辑
# 享受你的人生

你你知道吗，在这个世界上，是真的有些人，拥有发自内心的、顽强的快乐。而这样的快乐，大多是建立在幸福与不幸的交汇点上——登过幸福的高峰，再跌落不幸的深谷之后，才能恍悟，这个世上从来没有什么，会比失去更恒久。所以，在自己还可以拥有快乐的时候，要分秒必争！

你知道吗，生活的答案有时候会经历一番等待，可是，你要有耐心，因为它总会在某一个你不经意的瞬间悄然走进你的生命，无须言语，无须动作，只要你静静地等待！

你知道吗，心态越平，坎坷就越少。人生的际遇，请，未必会来；躲，未必能免。心态放平，要来的正确面对，失去的淡然想开。人生的坎坷，大多因为自己不肯转弯或者总是逃避。坎坷如疾病，药方固然重要，早防早治比什么方子都强。走路的是脚，下一个脚印烙在哪儿，却要问心。心态好了，脚步才能坦坦荡荡，轻轻松松。

请享受你的人生，原本我们的生活已经够不容易了，若是你自己还要给自己乱添麻烦，那么，我们还可以找到什么乐趣呢？没有乐趣的人生，要他做什么？

# 乐活青春

　　当《致我们终将逝去的青春》这部由赵薇导演的电影公映结束后，社会上风靡了很长一段时间的致青春的狂热，很多人都开始思索青春究竟是什么，很多人也都开始琢磨青春究竟意味着什么，而正处于青春期的人们又该做些什么。

　　林语堂在《且行且歌》一文中写过这样的句子："人生永有两方面：工作与消遣，事业与游戏，应酬与燕居，守礼与陶情，拘泥与放逸，谨慎与潇洒。其原因在于人之心灵总是一张一弛，若海之有朝夕，音之有节奏，天之有晴雨，时之有寒暑，月之有晦明。宇宙之生律无不基于此循环起伏之理，所以生活是富有曲线的。"生活是富有曲线的，青春更是拥有一种不可否认的灵动，或许今天人们还不曾感知到这种美好，可是明天，人们稍微地成长了点儿，便会知晓这种青春的可贵。

　　青春，会有很多唯美的故事。或浪漫，或伤感，或充满着粉色泡沫，或遍布着黑色陷阱。可是，青春它总是让人在惆怅中感知一种甜美，在苦难中品味到一种甜蜜，在哭泣中寻找到欢乐的味道。青春有时候太过矛盾，因为它总是有这样那样的抉择，就

像家长们总是耳提面命，不要早恋、不要逃课、不要调皮；然而谁的青春中会缺少这些？青春本身就是一个悸动的时期，每个人都不可避免地会遇到青春给予的各种惆怅的味道。

明明知道很多事情父母说的都是对的，但是却从来都不曾真正地将他们的那些话放在心中，这是青春的叛逆；

明明知道很多时候理智必须要战胜感性，然而却总是在关键时刻冲动，放下了理智，完全由感性支配着行动，这是青春的冲动；

明明很多人在生命中并不想留下不好的足迹，可是却时常会在好奇之下驱使着去调侃、去打击、去嘲讽，这是青春的义气。

青春，充满着各种滋味，每个人可以品味出来的青春都是不同滋味的。有人说青春像洋葱，一颗颗地将它剥开，里面什么都没有，可是却能够将人呛出一脸眼泪；有人说青春像石榴，看上去就是那么一个小小的圆球，却可以在掰开后，发现里面满满的都是果实，可以吃上很长的一段时间，慢慢品味；还有人说青春有时候像是榴莲，闻着的时候很臭很臭，可是吃起来却可以叫人品味出一种耐人寻味的香甜，它也是很昂贵的一个东西。

每个人的生命都面临着选择，青春期的选择是最为重要的，它是人生的分水岭，一边是这样，一边是那样。这两种模样并不是人们想要如何便可以如何的，生活出怎样的一个姿态得靠自己去创造、去品味，青春该要如何才能够更加炫目更是应该由人们自己去开拓。

每个舞台都有一扇门，每扇门上都会有一把锁，每把锁都会配上一把钥匙，人的一生会有很多把钥匙，去开很多扇门，或许会迷糊，或许会纠结，可是人们总要学着自己去开自己的那扇门，尤其是青春的那扇门。谁都无法为别人做决定，只有自己能够为自己负责。青春是需要自己去创造的，一个乐活了的青春无疑是一个美好的选择。

乐活青春，意味着活跃青春。青春期的人们正处于人生最为活跃的年龄，正是可以肆无忌惮地张扬活力的时期，没有人可以批评青春期的人们所作的任何一项决定，只要那个决定不违反国家法律、社会秩序、学校规则；没有人可以限制青春期的人们去行动，只要那些行动没有游离在法律、秩序和规则的边缘；没有人可以否定青春期的人所能够创造的奇迹，因为未来还很长，谁也无法估计未来会发生什么事情。青春活跃起来，人生跳跃起来，一切都将改变，无论变化的会是什么，会是谁。

乐活青春，意味着快乐青春。人生本身真正痛苦的日子并不多，青春期的人们应该正处于一种纯真和成熟的交界，没有社会上那么多的尔虞我诈，没有社会中存在的那么多的痛苦追逐，更没有社会中存在的各种压力负担，年轻的人，快乐总是很简单，快乐同样也是人一生追求的重点，快乐的青春，必将快乐一生，欢乐整个世界，不管未来会遇到怎样的磨难，乐活的青春，必将带动整个人生的乐活。

乐活青春，快乐青春，向上吧，青春少年！向上吧，美好时光！

 **肆意人生**

　　我有一位好朋友，她是一个相当会享受的人，任谁也不能够想象，就是学校宿舍的那一方小小的空间，竟能够被她装扮得像是一个小洋房，她总是会给自己打扮得出众得体，每一套衣服都是潮流时尚，她还会时不时抽空去做一下各种护理。这让我各种羡慕、嫉妒，因此我总是调侃她，说她总是那样奢靡浪费，可是她却对我说："我可是来过高质量生活的，我经历了这么残酷的食物链升到最顶端，可不是来委屈自己的！"我听着她的话，有些哭笑不得，这就是她，她潇洒肆意地生活，就算并不被很多人看好，就算这样的生活在外人眼中看上去并不像是一个学生该有的生活，但是，她却说:我自己能够赚钱，我该怎么生活就怎么生活，大家议论什么呢？我的生活并不会因为你们说了什么话就改变的，这就是我要的生活，与任何人都无关！"

　　她的潇洒让人欣赏，她总是在这些事情上能够完全不受影响地享受自己的生活，可是，这个世界上有多少人能够做到这一点

呢？我自认为，我自己做得并不好。

我被教育的思想与很多孩子们被教育的思想大概是相似的——你要中规中矩好好地生活，不要太肆意妄为，不要太前卫，不要去做第一个吃螃蟹的人。于是，我从小便懂得谦让，就算是那件东西我实在渴望，失去了那件东西，我的心里会空落很长的一段时间，会难过，可是，因为父母的要求，因为我一直都接受的教育就是——别争执，就算你再喜欢那件东西，当别人要你谦让的时候，你也应该要谦让，委屈自己，不要委屈别人。

因此委屈自己已经成了我的一个习惯，甚至到了学校，我都是这样的一个做派，在选优秀团干的时候，我坐在一边，觉得凭借着我的能力绝对是可以当选的，可是，一个与我很要好的朋友悄悄地走到我身边，对我说："阿芳，这次可以让我当选吗？我要评奖学金，还欠一个证书，你的证书不是已经够了吗？"我看着他可怜兮兮的样子，觉得自己应该要成人之美，就主动地放弃了当选这一次优秀团干的机会，而他成功当选。

后来，我才发现，在学校团委、党委那边承认的证书不一定是要那些活动的证书，但是必须要有团员、团干的证书。可是，就算是这个时候后悔、反应过来又有什么用呢？这样的生活并不好玩，总是压抑着自己的天性，总是得委屈自己成全他人，我见过朋友的肆意生活，我才发觉自己的生活过得太过狼狈。

我跟朋友说起这些事情，朋友就笑话我："我们活着究竟是为自己活还是为他人活，你应该要知道的，如果自己不能够好好地生活，委屈了自己又有什么意思？每次都委屈自己，每次退让的都是自己，我们为什么要活得那么辛苦，不觉得特别累吗？

　　我笑了，从她嘴里说出来的话，从来都不是那样中听，可是这就是她，她从来不计较别人的眼光，从来都不随意让步，是自己的就是自己的，不是自己的并不强求，想怎么样过生活就怎么过生活，想如何挥洒自己的青春就如何挥洒，想去哪里便去哪里。她有这个能力，也有这个实力，从来不曾让自己的心累，让自己的身乏，好的就是好的，坏的就是坏的，在她眼中，任何事情都可以有自己的一套解决办法，但是唯一没有的就是要拘束着自己的天性生活。她从来都不喜欢压抑着自己生活，她从来都不羡慕那些总是低头的人，她也从来都不为了任何事情去奉承任何人。

　　我向往那样的人生，潇洒、肆意。可是我的可塑性实在是有些差，改了一两年，依旧没有办法将所有的毛病改掉，但是我依旧在努力地实现我认为我可以改到的地步，我希望我能够做到很谦和，但不委屈；很随性，但不跋扈；很潇洒，却不做作。这就是我要的人生，这就是我所理解的肆意生活。

　　或许真正的肆意生活并不存在，人生总会有这样那样的束缚和规矩，但是，人们可以自己创造一个环境，让自己可以在这个环境下，过上潇洒自在的日子，哪怕为此，自己会付出一定的代价，但是做什么事情是没有代价的呢？人生本来并不会太长，尤其现在这个世界，存在着太多的变数，或是天灾，或是人祸，或是疾病，谁也不知道自己会活多久，那么，在自己还在这个世界上呼吸的时候，为什么不对自己好一点儿？为什么不活得更加潇洒？

　　或许肆意地生活不会那么容易被世人接受，可是，每个人

活着都是为了自己能够有更好地享受，都是为了自己爱的人可以生活得更加舒服，既然如此，那些外人的看法，真的就那么重要吗？都说在乎的太多了，人生就会被束缚，就会少了很多的快乐，既是如此，人们为什么不尝试着改变一下自己的行为，让自己可以拥有一个更加美好的人生，让自己所爱的人不那么辛苦，叫自己不那么难过？

　　肆意人生，或许并不完美，但是够潇洒、够炫。人们都值得拥有这样一种生活。

# 美丽日记

　　成长会带来很多地蜕变，有人清秀脱俗，有人娇艳明媚，有人世故圆滑，还有人成熟稳重。人的生命轨迹有时候很像树的年轮，一圈圈看似相似，实则存在着各种差异。人的成长轨迹同样也是这样，每个人都这样，有着看似相同的生命历程，可是每一个小的细节都是很不相同的。

　　过去的都已经过去了，生命的历程总是不可避免地往前行驶，每个人都有自己既定的命运要运转，日子一天天地变化，连同着人也一天天地改变，美好的日子总会到来，要有些期待，可是却不要总是等待。

　　其实时间真的是一剂良药，它可以让人忘却很多的伤和痛，辗转之间，会发觉以前看上去伤得很深的地方现在完全地愈合了，就算还剩下了一道疤，但是，它毕竟不痛了。时光可以改变很多东西，曾经以为的梦想，曾经拥有的情感，随着时光的飞逝，也已经渐行渐远，或许明天，或许再迟一点，就会彻底消失不见；在现实面前一切都显得那样的无力，存在着那么多的不容人道的苍白；时光真是一把刀，刺伤了心，刻下了让人铭记的印章，祭奠着那岁月中曾经有过的各种滋味。

　　生活总是充满着美好，就算光阴似箭，日月如梭，改变了太多东西，可还是有很多的东西始终不曾改变，那就是藏在人心中的那份真情，美好的东西总是让人铭记，写过的日记本，看过的动画书，聊过的冷笑话，一点点的幸福岁月总是叫人难以相忘。可是很多时候，回忆总是很漫长，那些片段却已经远去；很多时候，回忆里的东西都被人为地加以改变，叫人混淆了视听真实；很多时候，人们会忘记一些重要的东西，就像它从不曾出现过一样，然而，它却是相当重要的，就像那块透明的玻璃窗，它总是那样静静地存在，人们时常会忘却它的存在，可是一旦有阳光照耀，转动角度，它便会鲜明地彰显自己的价值。

　　害怕未来有一天，忘记了前事，忘却了曾经优秀的自己，那便为自己写下一本书吧，来铭记曾经有过的光荣岁月，用以告诫明天的自己。

　　害怕未来有一天，忘记了纯真，忘却了曾经天真烂漫的自己，那便记录下曾经发生过的美好吧，那种美好感受，那种激动，那种幸福感，用以提醒未来的自己，该懂得拿出一把尺子，衡量一个标准，为了活出最真实的自己。

　　为自己写下一本书，书里可以是一段话，可以是一个戏剧，可以是一篇日记，只要是可以让自己读懂的意思都行，只要是自己可以感受到的都可以，因为害怕未来有一天，自己忘记了那些美好时光；害怕未来有一天，生活的轨道脱离得太厉害了，完全地超出了自己的掌控，所以要用个东西来刻画，来警示。

　　为自己写下一本书，不管书中是稚嫩还是成熟的语气，总要拥有一种情感在里面，一个人不能缺少情感地活着，谁也不愿意品读没有灵魂的诗歌，谁也不想要去了解一个没有内涵的世界，总得要懂得一种美好的情绪，因而该给自己种下一个梦，梦里有个美好的世界，充满着各种声音，充满着这样那样的情感纠葛，

哪怕读着这些东西会哭，会心痛，可是至少，还能够唤起这种共鸣，唤起对新生活的憧憬与期待，如此，甚好！

美妙生活，美丽日记！

# 笑看今朝

　　都说，爱笑的孩子运气都不会太差，笑容挂在嘴角的那一刻，似乎这个世界都变得那样美好；

　　都说，爱笑的孩子没心没肺，什么都不惦记，什么都不在乎，只求自己的生活过得潇洒自在，却能够在喧嚣压抑的环境下轻易地突破那些被塑造了的城墙，激起人们对墙外那美好轻松氛围的渴望和向往；

　　都说，爱笑的孩子哪怕生活给了一记耳光，哪怕生活粉碎了信念，也能够还生活一个微笑，那深入人心、侵入灵魂的笑颜，往往能够让那些诽谤者、嘲讽者、陷害者通通却步，就那样愣愣地看着那孩子慢慢地靠近，慢慢地走出那些或是讽刺或是嘲笑或是诬陷的声音，走向原本的康庄大道。

　　威尔科克斯说过："当生活像一首轻快流畅的歌时，笑颜常开是件非常容易的事情，但是当生活变得狼狈不堪，一切都不妙的时候，还能够笑对生活，那样的人才算得上是真正勇敢的人。"

　　人类是非常复杂的生物，有时候当着别人的面会笑，面对自己的时候却常常笑不出来，甚至哭泣，生活逼迫着人们妥协，

不断地进行妥协，它甚至还会压抑人性中的欢乐因子，笑有时会比哭还让人难过。那么，就不要笑了吗？因为生活在哭泣，日子太艰难，所以，就要放弃快乐的一切，就要忘却美好的幸福吗？不，人们应当如同稻盛和夫所说的那样生活："无论处在多么困顿的环境中，心头都不应该被悲伤的情绪所占据。"

人在路上行走，难免悲喜掺杂，让微笑伴随左右；人生的路上，无论跌跌碰碰，都要让自己勇敢地抬头；每天都带着最美好的笑容，看世界，看今朝，相信世界因为这份笑容而美好；每天要告诉自己对着自己笑，哪怕就要发生可怕的事情，也不该忘却笑的滋味，笑容会让人暂时遗忘曾经的伤和痛。

面对自己，需要一个内敛审视的笑；

面对他人，需要一个热情大方的笑；

面对挫折，需要一个积极向上的笑；

面对困难，需要一个勇敢前进的笑。

这个世界已经有太多的人在哭泣，在呐喊了，不会缺少你这个孩子，笑一个吧，在痛哭流涕之后，带着希望，带着憧憬微笑，叫那些磨难通通消失；放下过去的烦恼，放下那些都快发酵了的悲伤。笑一个，对着天空呼唤，向全世界大声尖叫，至少还可以笑，至少还不会忘了笑。

昨日过去了，抓住今朝，今朝美好，请笑看！憧憬明天，明天炫目，请笑纳！

# 阳光依旧

　　天灰蒙蒙的，风里夹着一种躁动，似乎又有一场大雨要落下，抬眼望天，心中满是阴郁。

　　阴沉沉的天气，天空飘着细雨，缠缠绵绵的，伸手接过飘洒着的雨滴，暗叹不知道还要下到什么时候，这样的雨，叫人心生厌烦。

　　倾盆的大雨还是落下，一阵阵地滴落在人们的身上，洒落在倾斜的屋檐，片刻间便将整片大地浇湿，带着要冲击一切的势头，迅雷不及掩耳之势将一切变了个模样，举着雨伞，踏步向前，浸湿了双腿，浇湿了双臂，摇头，还是讨厌这样的雨。

　　无声细雨，淅沥沥小雨，哗啦啦大雨，连接着天地，看似那样的紧密，那样的密不可分，却还是存在着天与地间的差别。上天创造了一切，创造了雨露和阳光，也创造了阴霾和光明。人们往往都喜欢的是灿烂的一片天地，不喜欢甚至讨厌沉重的空间。

　　因为喜欢阳光明媚，因而会对阴雨连绵产生厌烦；因为喜欢春意暖暖，所以会对冬天寒冷产生厌恶；因为欣赏娇媚鲜花，于是会对枯竭树木产生抵触……

　　一切并不是因为心里真的不喜欢，而是源于害怕。害怕总

是下雨，阳光便会消失；害怕冬天的时间太长，冷气袭人，让一切都变了样，春日便会迟迟不到；害怕所见到的都是干枯了的一切，明艳的鲜花便再也不愿意出现，往后的日子里，再也不会有美好的事物出现。

谁的生命中总是阳光明媚？

谁的生命中不会出现下雨天？

谁能让自己的生命像是太阳般，永远都保持着炫目的姿态？

谁又可以将自己的生命奏出一曲亮丽绝唱，没有风雨，没有暴雪，没有泥泞，有的只是春意暖暖？

没有谁会有这样美好的人生，又或者说，这样的人生压根就不存在，世界上有这么多的人，会经历那么多事情，风风雨雨，坎坎坷坷，谁也无法明了这些风雨齐聚之时，生命会积蓄多少阴霾；谁也无法预料世界之大，会有多少无法逾越的苦难；若是总是哭闹，总是害怕雨雪风暴，便躲进了阴暗的屋子里，避险、躲难，那么将会错过多少彩虹升起，阳光普照？

雨下过，风吹过，阳光洒落，空气中会传来泥土的清香，淡淡的、轻轻地。用心地嗅一口，一定可以闻到阳光的味道，像希望，像期待。

无论经历过多大的风雨，要坚信，阳光依旧，请耐心等待，太阳出来，扫尽阴霾，看清澈的天空上挂起一道缤纷的彩虹；无论遇到多大的危险和困难，要相信咬牙坚持了，付出过，拼搏过，总会将所有困难都克服掉的，耐心一点，瞧那阳光依旧明媚，世界依旧那样美好，谁也没有必要担心所谓的失去，相信彩色注定是自己的主打色，不会是单纯的白加黑，因为这片天空，这份阳光，依旧存在！

# 生活如此多娇

毛主席在一篇诗文中写过这样一句话："江山如此多娇，引无数英雄竞折腰。"江山的美好，让那么多的英雄人物都竞相追逐，那么生活呢？若是生活也那般多娇，是否人们也会竞相追逐？

在《武林外传》这部电视剧中，郭芙蓉经常说的一句话是："世界如此美妙，你却如此暴躁，这样不好不好。"她的话语，配上她的神态，总能叫人忍俊不禁，但人们若是静下心来思考这句话，便可以体会到这句话所蕴含的哲学寓意。

当今社会上的人们愈发地容易暴躁了，或许是生活的节奏变化得太快，或许是社会前进的步伐更新得太迅猛，人们不断地赶路，不停地追逐，发现越来越跟不上节奏，追不上步调，就如《无间道》一歌中所唱的："我们都不断地赶路，忘记了出路。"如此一来，人们的劣根性便暴露无遗。有人甚至说："生活欺骗了我，生活一次次地嘲讽着我，刺激着我，难道就不许我给生活扇一记耳光，不许我暴跳如雷地指责它？这是凭什么？"

是的，现实的生活残酷、清冷，它并不像古时候以及诗文里的江山那么让人陶醉，叫人憧憬，太多人想要换一种生活，太多人想要逃离这样的生活，可是却没有几个人可以真的如愿以偿地改变。于是，就有孩子对着父母叫嚣："你们骗人，把我带到这个世界上来，难道就是为了让我尝遍疾苦，体验苦难生活的？不

是说了要给我一个美好的生活吗？不是说了以后的日子、以后的生活就像泡在蜜罐里一样吗？不是说了生活那样多娇？"

生活一次次地被质疑了——究竟哪里美了？究竟哪里多娇了？这个世界的诗人、哲学家、美学家都是些骗子。为什么世人看到的并不是那样美好的世界，沈从文先生笔下的湘西、凤凰，那样美好、自然，可是行人游客到了那里，很多人都无法感知到那种从文章中读出来的美好隽秀，于是，人们失望了，对生活失望，垂着头，慢慢地走出了那道美丽的风光，却不知其实风景依旧，只是赏风景的人心境浮动，忘记了自己该用怎样的心态品读这美好的一切。

生活如此多娇。春日里，嫩绿的树叶，娇艳的花苞，娇嫩的草芽儿；夏日中，忙碌的蜜蜂，斑斓的彩蝶，欢呼的燕子；秋日里，垂头的稻穗，火红的枫叶，瑟瑟的秋风；冬天里，剔透的雪，血红的梅，静候的人。每个时节都有不一样的风光，都有不一样的美好，擦亮眼睛，看看这个世界，自己所处的环境，这样美好，如此美妙的环境下，生活该会多么娇美啊！

生活如此多娇，岁月流淌，每处波痕都是生活赋予的印记。或许太多人消极应付，无法感知到美好的生活、美好的世界，可是，每个人不是都应该有自己对生活的一个态度——积极的、乐观的、向上的。

生活如此多娇，光阴似箭，每道影子都是生活给予的赏赐。或许太多人来去匆匆，无法体味美好生活，美好世界，然而，若是每个人都可以抢一抢光阴的脚步，拖住它，减慢自己的步伐，静静地感受，不暴躁、不浮躁、不浮夸，生命这般美好，人们如何还会后知后觉？

尽情去享受吧，生活如此多娇，用心感知美好，用眼见证绚丽，用耳聆听透明，每一处景致，每一份情谊都该用最美好的心去见证，奇迹有时候就是这样出现的，生命有时候就是这

样充实的!

　　好好地品味这多娇的生活吧!不暴躁,不浮躁,不浮夸,用心感受!

# 岁月静好

　　星云大师说过这样一段话："在这个世界上，没有一劳永逸、完美无缺的选择，你不可能同时拥有春花和秋月，不可能同时拥有硕果和繁花，所有的好处不可能全是你的。你要学会权衡利弊，学会放弃些什么，才会得到一些什么，更要懂得接受生命中的残缺和被爱，而后，心平气和，因为这就是人生。"

　　"爱"要用心，"听"要用耳，"说"要用嘴，"看"要用眼。生活中，每一个环节都是一环扣一环的，每一种感觉都是有着它的逻辑和顺序的，想要拥抱一个怎样的岁月，就要相应地付出怎样的青春。很多人都异想天开，总是幻想着这个世界里的事情都应该是水到渠成的，然而没有顺理成章，哪儿来的这些成功？

　　就像人们若是没有用心去品味爱，如何可以知道自己心中有爱，自己被爱着？若是人们从来没有带上耳朵去听他人的话，没有聆听他人的声音，如何知晓他人究竟想做什么，而自己又可以为人家做些什么？若是不开口，如何说话？不用眼如何观察这个世界？

　　很多人永远是在取舍之间徘徊，永远都不愿意放手，宁愿死死拽住那微弱的光，也不愿意先投入黑暗，在黑暗中用那双期待光明的眼睛点亮世界的黯淡；太多人害怕失去，害怕放手之后便是永远的失去，然而人生舍得，有舍才有得，没有失去过的人，就不会明白手中拥有某一样东西的时候是多么幸福的一件事情，就好像拥有一双鞋的时候，从来都不会了解到一只鞋的重要，只有当失去了一只鞋的时候，才会后知后觉地反应过来，原来那只鞋对于自己这双脚来说，这样的重要。

许多人都将自己禁锢在了一个牢笼里，看不到世间的美好景致，听不到世间的动人旋律。人，无论是被禁锢了什么，身体也好，思维也好，总归是一种损失，生命的过程在于追逐，生命如此鲜活最为重要的因素也是源于生命可以追逐，追逐人生过程中那些可见却没有见到的、听说过却没有感受过的一切美妙事物和存在。

岁月静好，当人们追求更高的精神境界，人的思想水平决定了他的行为高度，一个拥有最广泛的思维能力的人，往往最容易接受新鲜事物，会勇敢地去探寻奥妙，会慷慨地接济贫困，会最为大方地付出，哪怕这份情谊并不会受到所有人的好评，但是，至少，在这一些付出中，人们拥抱了自己的心灵，没有存在舍不得，更没有过多地计较得与失，单纯地想要去行动，就像自由自在的灵魂在舞动般灵动而美好。

心平气和地生活，就如同溪流潺潺流着，无声无息的，却始终保持着一种流动的趋向；心平气和地生活，便是可以在每一日就算没有激情、没有冲动、没有喧嚣的情况下，做到保持心中对生活的爱，对未来的期待，对未知一切的探索；心平气和地生活，就是可以不计较、不抱怨、不哀怨生命中会遇到的不平事，或是已经遇到了的不公平待遇，或是受过的伤，自己舔了一会儿伤口，而后，便让它静静地痊愈，不再去撕开它，让它可以被遗忘，让自己能够更好地面对生活，面对来日将会遇到的各种或好

或坏的生活。

　　人生，总会有段日子期待轰轰烈烈，然后，它便真的轰轰烈烈了；可是，人生啊，总会有很长的一段时间，会被期待可以平平静静、安安宁宁，但是呢，这样的日子不容易，因为几乎没有多少人可以真的做到心平气和地生活，社会的浮躁带动着太多人开始变得浮躁，像火药罐子，太容易怒火横生。其实，大多数人所期待的生活就是大多数人正在过的生活，也是大多数人所选择了的生活，那便是在可以吃饭的时候，桌上已经摆好了饭菜，只要一家人都上桌，便可以开动；在出门的时候，会有人站在房门前，看着自己走远；在回家的时候，会有人接过自己的书包，对自己温柔地说："回来了。"

　　一茶一饭间，尽显温情和美好；平平淡淡间，尽现眷念和温馨。岁月静好，人生喜乐，天上人间！

# 享受孤独

　　心无所依，谓之寂寞。人生，有期盼，就会有寂寞。期盼让心萌芽，现实让心坠入寂寞。盼花，花不开；盼人，人不来；求功，功不成。希望越大，失望越大。摒除执念，一切随缘。花开，喜于结果；不开，喜于过程。太依赖于结果的美丽，路上再美的风景也只能错过。静享时光，则寂寞也是美。

　　很多人喜欢旅行，有时候并不需要很多人，自己一人，或者是几个好友，便可以义无反顾地踏上征途，其原因往往并不是因为那处名胜有多么惊艳、多么神奇的景致，而是因为在这样的一个过程中可以清晰地感受到自己对于这个地方的一种心的体验。

　　几个人行走，并不意味着就能够相当热闹，这个世界上有太多人就算结伴，就算可以在一起一生一世也难免会有孤独的时候，生命的这个过程，本身就是相当玄妙的，没有谁可以将谁的生命完整地占据，亦没有谁可以将谁的内心世界窥视得透彻。孤独，是每个人生命中必须会有的一个过程，有人或许会有很长时间的孤独，有人或许孤独的时间很短，但是，无可避免地，每个人都会要经历这样的一个过程。

　　然而，如今社会变得有些浮躁，人心变得浮躁，极少人有

闲情静下心来，好好地享受那原本就不多的独处时间，人们愿意与朋友通宵达旦，愿意在灯红酒绿的地方没心没肺地高歌，愿意同一大群人一起调侃打闹，却不怎么乐意一人独自安静地坐在房间，静静地思考自己所过的日子，自己所要的人生。

林清玄这样说过："并不是所有向外奔走才叫作旅行，静静坐着思维也是旅行，凡是探索、触摸、追寻那些不可及、不可知的情愫都是一种旅行，无论是风土的还是心灵的。"然而，很多人都忘记了这样一回事，很多人所想着的旅行就是简单地去外面的世界看看，看着浮夸、繁华的世界，而后自己渐渐地迷失了可以沉静的心，渐渐地将自己的那颗纯真的心丢失了，独处渐渐地变成了一种奢望，又或者说是一种自己最不想要触碰的地带，因为太害怕孤寂了。

于是，人们渐渐地结交各种"朋友"，不管是真实的还是虚假的，各种事情以各种诡异奇怪的方式向所谓的朋友倾诉，又或者并不是倾诉，只是想说出来。而后，因为接触的环境很多，所以，见的朋友也愈发多了，小小的自己的空间变得嘈杂、拥挤，可是人们却不愿去清理这些东西，偏执地认为只有这样，自己才不会孤独，因为真的不愿意尝试孤独的滋味。

其实，人们不必把太多人请进生命，如果他们没有办法走进你的内心，只会将你的生命扰得拥挤不堪。孤单，并不是身边没有朋友，只是心里没有人做伴。在繁华的都市里，会看到太多热闹的人群，但是却都有着一个孤寂的灵魂。生命中，来来往往的人太多了，若只是生命中一个过客，那么此刻越是热闹，以后就越为孤寂，生命并不需要多少陪衬，需要的只是一种陪伴。

独处，是一个人的狂欢，在这期间，人们可以思绪万千，可以上天入地，可以诡秘可笑，甚至可以肆意妄为，因为这是属于自己的时间，属于自己的空间，属于自己正在经历的一个变化过程，不存在别人的各种意见，在这一刻，自己只需要拥有自己的思想，只需要享受自己人生的变化过程。

学会享受孤独，是一种福气。世界变了，社会变了，人心也会变，若是自己不试着学独处的技巧，不试着体味孤独的滋味，那么在曲终人散，在大家都渐行渐远的时候，拿什么来拯救自己本来就没有在意过的孤寂的灵魂？拿什么来抚慰那颗千疮百孔的心？

学会享受孤独，是一种勇气。世界上太多人不愿意真的面对自己，面对自己的内心，不愿意正视自己的缺点，然而，独处正是一个认清自我的好办法，因为在独处的过程中，在越是感觉到孤单寂寞的时刻，人们便会愈发清晰地感知到自己所存在的不足以及因为这些不足带给自己的各种负面的影响，从而可以努力地在独处的这段时间里好好地将其改正。而这都是需要有勇气、有毅力才能够实现的事情，若是没有勇气，人或许连孤独都不愿意去感受，即便是感受到了这份滋味也无法承受得起，而导致自我崩溃。如此一来，生命还存在吗？

好好地享受孤独，人生并不是越热闹越好，端看自己选择的是哪一种生活，但是，无论选择了什么生活，独处、思考与孤独是必不可少的！

# 自我欣赏

有一首很美的诗：木末芙蓉花，山中发红萼。涧户寂无人，纷纷开自落。这首诗营造出了一种孤芳自赏、自开自落的一个场景，有种悲凉，有些凄惨。因为任谁都知道这个世界上的万物总会有它存在的价值，若是有人愿意欣赏，谁又会自开自落呢？然而，世界并不是人们心中想象的那样，不是每个人都会遇到伯乐，被人赏识，被人看重，而后有一个完美的转型。

生命中，总会有人走茶凉的时刻，总会很奇葩地碰到一些让人无法理解的事情，也总会遇到一种无法言喻的悲惨境地，或许在一次次的碰壁、一次次的挫折中，人们很容易地就放弃自我，舍弃自己了，然而最为强大的人往往是就算在怎样的绝境中都懂得自我欣赏、无论被任何人诽谤、被多少人构陷总能够找到自己的优点，让自己发光发亮。

人们常说，很少会有人不管你丑还是美，不管你贫还是富，不管你差还是优都没有芥蒂地对你好，欣赏你。因为那样的人太少，太少，所以，很多人都分外地珍惜被人赏识的机会，大家都兴致勃勃地渴望着人们对自己可以有那么一份欣赏的眼神，每个人都渴望着被欣赏，然而，却很少人试着去欣赏，无论是自己还

是他人，以真诚的心去欣赏，或许生命会变得完全不一样。

张国荣唱过一首歌《我》，这首歌展示出了一种对自我的肯定和认定，对自己的欣赏和满意，对自我未来的展望和期待，歌词中有这样的词句：我就是我，是颜色不一样的烟火，天空海阔要做最坚强的泡沫。我永远都爱这样的我，不用闪躲为我喜欢的生活而活，不用粉墨就站在光明的角落，我喜欢我，让蔷薇开出一种结果。

生活中，当人们无法从别人那里获得赏识和认可的时候，往往容易自我否定，可是，成功的人啊，他们往往都会在这样的环境下，做到自我欣赏，努力地为了一个更为美好而坚强的自我充实着自己。在这个过程中，或许会被人嘲讽自恋轻狂，然而，若是连自己都不能肯定自己，人又用什么来自立，如何找到希望和寄托？谁也不愿意顾影自怜，可是生命给予了人们权利去肯定和赏识自己，无论遇到多么艰难的境地，对自己，人们首先要做到的便是喜欢这样的自己，知道我就是这样的我，我喜欢这样的我，谁也无法取代这样的我，谁都不能否定这样的我的价值！

 平安人生

人们一般都会想要一个怎样的人生呢？怎样的一个人生才算得上是一个美好的人生呢？

年少的时候，很多人都追求刺激和冒险，往往奔跑在外面的花花世界，看各处风景，品各方人情冷暖；青年的时候，人们疲于奔波，会感到满足，也会有失落，得到过很多，失去的也很多；而到了中老年，很多人便开始更深层次地琢磨，这样的人生到底值不值？

有人问："最好的人生是什么样的呢？"

结合了很多人的回答，总结出来这样的一段话："没钱人追求富贵，有钱人追求素淡。没事业拼命奋斗，有事业总想退出。每个人想要的东西都不同。但历经沧桑后你会发现，真正好的人生，无非就是一家三口，父母双全，工作不累，赚钱不少，生活安稳，平平安安过好每一天，就是最好的人生。"

仔细品读，生活安稳，一家人平安，真的是个非常不错的人生了，平安是福，一种不是所有人都可以享受到的福气，该要清醒地知晓这种幸福感，珍惜这种美好感觉。

人生的每一个阶段都是一次选择，有人挑战着极限，他们

无惧艰险和困难；有人抛下所有，为了一个信念和追求；有人安稳，为了自己和家人的生活，平平静静地过着自己的生活。不用谈论谁的选择是正确的，谁的选择是错误的，每个选择都有它存在的理由，内心有一杆秤，称出自己追求的真谛和美好。

自然的法则便是静止是相对的，而变化却是绝对的，每一次变化、每一次选择都是至关重要的，选择了什么，就要过怎样的生活；生活确实是静水流深的，它就那样静静地流淌着自己生命的意义，求得对自己生命的追求。人生的日子总会慢慢地趋于平静，没有多少撕心裂肺和歇斯底里的戏剧性，每天柴、米、油、盐、酱、醋、茶，淡淡的日子中却拥有着娴静和美好。

每个人的追求都是不同的，然而，到了一定的年龄，感受到的、品味到的人生境遇或许都是大同小异的。年轻时，或许不会害怕很多东西，或许还会讨厌、鄙视那种只追求安稳生活的人；可是经历了太多风风雨雨，感受过了太多的悲欢离合，人们便会变得怯弱，或者说，人们变得更加现实，更加珍惜自己身边的人，所以才会觉得安稳是生命中最重要的，才会明白平安会带来幸福感，幸福会叫人感知那种由亲人、由爱人、由朋友带给自己的感动。

平安人生，幸福人生。追求过后，是时候过一段平稳安逸的生活，至少有段时间好好地生活，不用考虑任何复杂的事情，不用有这样那样的担忧，只需要好好、安稳、平安地过生活，这样就够了。

# 知足常乐

有这样一首美好的诗："春有百花秋有月，夏有凉风冬有雪。若无闲事挂心头，便是人间好时节。"它的意思是：春天里可以有各色各样的花儿欣赏；炎热的夏日，凉风袭来吹散酷热；秋天可以赏圆月；冬日可以玩瑞雪。没有什么杂事可以记挂在心里头，这便是人间最好的时日。

自然的风光美好，每一个时节尽管有它存在的不足，可是依旧会有值得人欣赏的地方，然而很多人往往看不到眼前的美景，总是寄希望于某一时刻会有更好的场景出现，期望地等待着，而后不停地享受着失望。就如同海伦·凯勒所说："有的人也许就是这样，有的东西总是不会去欣赏，而没有的东西便想着追求。"因而，总会遇到这样的人，他们总是想将一切都掌控在手中，却不看看自己的手掌是否够大，大到可以承受这些物件、这些重量。

老人总会教育年轻人说："你们得知足啊！"可悲的是，很多的年轻人对此都不甚明白。什么是知足呢？所谓知足，就是对欲望的一种满足，是一种相对静止的状态，而不是无穷的欲望在膨胀。很多人都会在知足后面添上一个词：常乐。大家一致地认

为知足才会常乐。

是的，只要人们可以在平淡生活中品味到其中的美好，每一天都可以是一个美好的时节，只是，没有人能够做到这种知足，太多的人会有贪念，而且，随着拥有的越多，贪念便会越深，这种贪念最终会导致人们陷入迷途，陷入一种莫名的慌乱中，就像巴尔扎克说的："贪心好比一套结，把人的心越套越紧，结果将理智也封闭了。"

生命是这般可贵，人们应该让短暂的生命感受到更多的快乐，任何生活的阻碍都没有办法阻挡人们的快乐。快乐其实非常简单，越小的心愿得以实现，越容易让人有种幸福感；生活的征途是这般艰难，因而高兴应当是人们该要拥有的态度，多坎坷的道路都无法颠簸人们的呼唤雀跃，因为高兴其实可以很轻松地获得，越是容易知足，越可以轻易感知欢乐。

为什么要那么贪心那些不可能得到的事情，为什么总是想着要拼命地取得，难道不会觉得太辛苦、太累了吗？难道不会感到厌烦，厌烦每一次的争取都是那么艰难，厌烦每一次都在期待中绝望？

为什么那样不知足，一个健康的人，可以看到色彩斑斓的世界，可以听到悦耳动听的声音，可以感知美妙复杂的情愫，可以穿越千山万水，寻觅春暖花开。这样的美好，为什么还要期待可以登上最高的山峰，攀上最陡的悬崖，坐上飞船，穿越云层，登上另外的星球。

为什么不懂知足常乐？为什么要让自己总是疲于奔波，为什么要叫自己总是忙忙碌碌、悲春伤秋，或是抱怨自己所得的太少。这个世界上，有太多的人甚至连温饱都无法满足，可是他们仍旧满足地笑着；这个世界上，那么多人都没有办法看到这个世界的全貌，但是他们依旧拥有一个向往光明的心情，可是却从来不抱怨这个世界有太多的缺陷，他们活在自己的世界里，用心拥

抱着他们认为的光明；这个世界有太多的人听不到声音，不管是悦耳动听的还是刺耳嘈杂的，可是他们并不埋怨世界带给他们的悲痛，他们仍旧努力地倾听，从眼神、肢体到行动，他们都努力地关注着世界的变动，用他们专注的神情"听"世界在说什么。

生命哪有那么多的空闲可以那般贪婪，生活哪有那么多的时间用来蹉跎。知足吧，生活给了什么，便回报生活什么，无须贪心地想要拥抱所有的东西，世界这么大，哪有那么多是你可以拥有的？

知足的快乐，只有尝试过知足的感觉的人才会拥有，做一个快乐的人吧！

# 有爱才会幸福

　　这个世界，爱分为很多种：父母的爱、恋人之间的爱、亲人之间的爱、朋友之间的爱……每一种爱，都是人与人之间爱的不同表现，每种爱都是人们所期望的，每份情都能让人充满幸福感。因为有爱，才会幸福。

　　有人说，爱能够化解世界上的一切苦难，可以融化冰川，可以浇灭火山，可以拯救绝望；

　　有人说，爱让原本已经腐化了的世界开始有了新意，让那新意如同破土而出的竹子，一节一节地伸展开来，最后长成一片茂密的竹林；

　　有人说，爱是神奇的刀，能够削出壮丽的河山，勾勒出美好的世界，在每个人的脸上印刻上最甜蜜的笑容；

　　还有人说，爱啊，像一面透亮的哈哈镜，你对它笑着，它便对你笑着，可是就算你对它哭泣，它为你难过的同时，也不会忘了抚慰你受伤的心灵，就像拯救世界的天使。

　　爱，让世界变得美好，哪怕这个世界不可避免地存在悲伤、存在痛苦、存在一切无法避免的天灾人祸；

　　爱，让世间遍布着人情味，哪怕这个世界还是有尔虞我诈、

还存在着争斗、存在着战争和似乎永远无法消失的侵略；

爱，让人与人之间的距离拉近了，哪怕这个世界这么大，哪怕两颗心之间隔着千山万水；哪怕很久也无法触碰到彼此。

人世间，最不能够用言语来表达的就是爱了，因为爱，那么深沉，那么复杂，那么叫人捉摸不透，没有了爱的世界，是人们没办法想象的荒凉世界，是谁也不想踏入的地狱。

从人们刚出生，便拥有了爱，因为每个人都是在父母的期待中出生的，每条生命都拥有着一份美好，当一个宝贝诞生在人间，这个世界上便多了一份温情，哪怕出生在多么恶劣的环境下，父母亲人总会不自觉地就流露出对他的浓浓深情。

牵手、拥抱、亲吻、抚摸，每一个类似的温情的举动都源自爱。

小时候，温柔的母亲用温热的手环抱着孩子娇小的身子，领着他对陌生的环境微笑，母亲逗着宝贝，亲吻着宝贝，让宝贝知道，这个是妈妈。妈妈，多么美的词，妈妈是世界上最疼爱孩子的人；

小时候，高大的父亲大手牵着孩子的小手，带着他漫步在田埂间、公园里、枫林下，将宝贝举得高高的，笑声充斥着这片走过的地方。在年幼的孩子眼中，父亲是个多么伟大的词，像高山、像大海、像苍穹，有这样一个父亲，这样爱自己的父亲，多么令人骄傲；

小时候，慈祥的祖辈学着孩子般的话语，教着孩子牙牙学语；身旁的亲人，带着笑，带着温和的言语，鼓励孩子蹒跚学步；真好，幼小的孩子，身旁满满的都是期待、都是爱。

长大了，父亲的训诫、母亲的鼓励伴随着少年成长，成长的途中，有老师的谆谆教诲，有朋友的鼎力相助，有暗生的情愫，因为有爱在支撑着，少年健康地长大了，有了自己的世界观、价值观，明白了爱的重量，明白了期待的力量，带着坚定的信念，开始行走在这个世界上，开始懂得分享爱，付出爱。

长大了，少年开始学会爱，爱父母、爱亲人、爱祖国、爱老师、爱恋人。或许成长的途中遇到了很多不解，会与爱的人争执，会生气、会不解、会冷战，可是最后，总会原谅、会道歉、会和好。这就是爱，爱让少年的世界变得美好，有了爱，才会有更强的斗志，向前飞翔，冲刺！

谚语说，每个人都得先去爱一个人，才会明白爱的力量究竟有多大，就像女孩总是到了自己怀孕，生出了宝宝，才会知道自己的母亲有多么辛苦，为了孩子，母亲会付出多少；男孩总是做了父亲才会懂得父亲的爱是多么的伟大，为了孩子成龙成凤，他又承担了多少。

生命的路途中，会遇到冷冷清清的时节，会害怕失去爱人，会担心背叛和失望；可是，有了爱做支撑，只要没有放弃爱，一切都没有那么绝望。爱在心田生，就会有希望，有动力；爱在行动中展现，便能支撑未来的走向，滋养幸福的乐园。

有爱，世间才会充满乐趣，人们才会留恋这个尘世的一切，不管是繁华还是虚无；有爱，世间才会遍布欢笑，人们才会期望能够获得幸福，让笑容遍布在自己的脸上。

世间有爱，便会有幸福的滋味蔓延，不信？那就试试！

# 第二辑
# 找到真实的自我

　　我是谁呢？迷惘无助的你会对自己发问，俏皮可爱的你也会在无意间问自己。我是谁呢？我究竟该怎么样才能够知道自己是怎样的一个人？我究竟该如何才会有属于自己的个性？我又该怎么发掘我的个性，定下我的方向，一步步地走向我所期望的方向呢？

　　这是一个值得思考的问题——我是谁，要明白我，要懂得谁；要与众不同，要独一无二；要能够排忧解惑，要可以追逐放飞；这就是我！

# 懂得反省

孔子有云：吾日三省吾身，见贤思齐，见不贤而内自省也！

人生于世，总会因为认知的局限性而导致人们犯各种各样的错。例如，总是会有人不自觉地就将自己给抬高了，在自己不知道的领域依旧以为自己的观点是正确的；再例如，人们总会在不知不觉的情况下被责备、被批评，而自己却不知究竟犯了什么错；总会有人在无意间迷失前进的方向，迷失梦想……这个时候，各种负面的情绪便会出现——不解、愤慨、暴躁……可是，亲爱的，千万不要忘了，当发现错误、发现路的方向不对、发现他人在对自己的所作所为产生不满的情绪的时候，应该要做的事情是自我反省，反省究竟自己做错了什么，导致了不得不承受甚至是接受这样或那样原本无法接受或是承受的结果。

刘翔，亚洲飞人。他是中国人的骄傲，可是，因为两届奥运会的缺席，国人开始感到不满，觉得他拿大，觉得他在作秀，网络上开始有这样那样的叫骂声、口水战。虽然到今天，这场没有硝烟的战争随着时光的流逝而慢慢地沉寂了，可它并没有就此消失，它所表现出来的问题也并没有就此结束——究竟刘翔该做什么证明那些骂声不该有？刘翔是否该反思一下自己是否应该承受

那些责备？刘翔又该怎样再次出现在人们的面前，接受人们对他的考验或者是担负起人们对他的信任？

正所谓，金无足赤，人无完人。刘翔因伤退赛，因伤跌倒在赛场上，或许并没有那么让人反感，谁没个失败的时候？可是，作为当事人却应当反省，当自己没有能力去做某事的时候，请低调；当自己无法满足他人期待的时候，请诚实；当努力过，行动过，反思过，摆正自己的位置，面对公众，真诚地告诉公众自己存在的问题，不要撒谎，不要作秀，不要辜负公众的信任，便会很轻易地发现，其实大家是可以体谅你的；当人学着反省自己，并不断加以改进，就会发现——渐渐地，人生轨道会发生改变，渐渐地会自己去改进自己的缺陷，渐渐地自己变成了那个可以让自己都觉得骄傲的人！

省吾身，意味着要选择一个参照对象，衡量自己的优缺点；意味着要在一个特定的地点、特定的时间对自己进行一番反思；意味着要学着正确地认识自己，了解自己，自己的缺点就算没有旁人的指点，也能知晓！

年轻的人，或许会用年幼无知来为自己不知反省的事实辩解，可是，所有的解释都是掩饰，掩饰自己的无所适从，掩饰自己的从未在意，更是掩饰自己对自己的不了解。年轻人，可以不知道该怎样反省自我，可以不知道从哪一步做起，也可以不知道该从哪个高度来反省；可是却不能自欺欺人，明知道自己有些方面需要反思、需要反省，却从来不在意。有问题，可以尝试着去解决，或许存在的诸多问题会使自己却步，可是，请不要着急，从最简单的做起，例如，假设今天比昨天起迟了，反省的时候就可以把这项放入反省的内容中；又比如，今天做作业没有昨天的效率高，那么就该反省今天是否有哪个听课的环节做得欠缺了点；再比如，今天被批评了，也就该从被批评这个事实中琢磨出自己究竟做错了什么，为什么会做那样一件事，下次遇到同样的

问题，又该如何做！

　　每天都应该给自己一点任务，每天都该让自己更了解自己，一点一点，慢慢地便会发现，随着时光的流逝，自己创建的反省录会成为鞭笞自己的前行路；便会发现，原来在不知不觉中，自己已经改进了那么多，原来就算是有那么多不足、那么多毛病的自己也可以变得那样优秀！

　　省吾身，从小事开始，从点滴做起，不怕麻烦，不畏艰难，一点点地改进，一点点地蜕变，终有一天，一个全新的自我会破茧而出，展现出非凡的一面，让世人折服。

# 做一个了解自己的人

　　有这样一位歌手，她从最为热门的选秀节目中开始她的梦想，从懵懂无知的年龄开始成长，踏入职业的征途。或许因为成长得太过匆忙，时间太过紧凑，她渐渐感觉到无力，不知道自己究竟要的是什么，不知道自己究竟是个怎样的人，更不知道属于自己的音乐、自己灵魂的东西是什么。

　　人，只有知道自己的个性，知道自己的性格，知道自己的潜力和发展方向时，才会有真正意义上的成长。于是，她停了下来，开始想自己，自己的音乐，自己的音域，自己的性格，自己的方向。她安安静静地蛰伏了一段时间，这段时间，公众竟无法探知她究竟在做什么，而等到一切明了，她已开创了中国电子音乐的独特领域，自主创作，她拥有更为独特鲜明的个性，张扬地向世人证实了她的实力！她便是尚雯婕，强势回归，在《我是歌手》中用年轻人的魅力带给了观众感动与沉醉，让世人明白年轻和音乐的魅力；在《快乐男声》做评委时，她用直击心灵的方式，给那群迷茫的人以引导，以音乐为媒介，带领着人们走进音乐人的心灵，让人们看到尚雯婕为了梦想究竟做了多少努力，叫世人懂得原创的美好和创作的孤寂与成就。

　　她成功了，她成功地让人们知道她并不是一个单纯地从选秀节目走出来的草根歌手；经过了多年的努力，她成就了自己，所有的质疑都将消失，因为她有了独属于她的魅力和个性，她将自己的这些个性、这些魅力通通地展现在了世人眼前，告诉世人这就是我，让世人记住了这样的一个尚雯婕！

　　有人说过这样一句话：路上匆匆行走的人们啊，当你的灵魂想要休息的时候，不要拼命地赶路了，歇一歇吧，或许是时候，摸索自己的个性、思考自己的人生、知晓自己的性格了！这个时候，不要急着赶路，要好好定位，想想自己该走怎样的路。

　　人总得知道自己的个性是什么才会在真正意义上知晓自己前进的方向，就好比建一座房子，必须要先打好地基，构造它的形状，房子才会有一个基本的雏形，而最终房子的走向、最后的成品都会依据现有的形态成形。

　　很多人在向别人介绍自己的时候，总会告诉对方：我是一个性格开朗、大方的人；或者对对方说：我是一个性格有点儿内向、有些许胆小的人……诸如此类的话语。可是，若是要询问，究竟这样笼统的话语是否有可信度呢？从理性的角度分析，这些话，并没有多大的能量，引起大家多少的共鸣，因为他人从你的言行举止就可以判断出你究竟是怎么样的一个人。

　　古语有云：观一人，从其身、其妆容、其媚眼、其神色；品一人，从其言语、其动作、其习惯、其习性。尽其心者，知其性也；知其性，则知天也！

　　这就是说：人们可以从一个人的身材、妆容打扮、眉眼神色来观察一个人；而要品读一个人的话，就可以从他的言语、习惯、动作和习性来了解；了解了一个人的心性后，便会知道他的个性特点，而了解一个人的个性特点，便会了解他的天命了！

　　由此可见，知晓"性"是多么重要的！人活在这个世界上，并不需要将别人的"性"都了解，然而，至少，为人之本是每个人都应当了解自己的"性"！在茫茫人海中，要清晰地了解自身，不能够因为自己对自己的性格、个性、属性的不清楚，导致了他人对自己的误解甚至是错解，导致了自己对自己认知的不正确，从而做出错误的决策，以至于自己在这片茫茫人海中慢慢地被淹没，没有了真正属于自己的存在感！

　　每个人都是独一无二的存在，无论是与生俱来还是后天养成的个性都是属于自己的财富，别总是那么迷糊，别总是糊里糊涂，人总得试着去了解自己，从"性"的方向好好地了解，知晓自己存在的意义，知晓自己的独特性，发扬自己的美好，收敛自己那些专横跋扈，培养属于自己的独特气质，给世人展现出一个真正的最为真实的自己，让世人看到自己的品质，喜欢自己的个性，给自己多些机会，让自己的生活更加美好。

　　人，从一出生便是一张洁白无瑕的画板，在上面描绘什么样的色彩，是每个人该要去想的事情，自己的个性是怎样的，自己该要有怎么样的一个未来，都是自己该要思考的问题。画板上添加的色彩是人们的属性，是什么，就画上什么，尽管无法起到画龙点睛的效果，但是至少也不会是画蛇添足。

　　知吾性，从点滴做起，深入探索，不被迷惑，不会迷失，滚滚红尘，傲然有我！

 # 学会解决问题

　　人从呱呱坠地到步履蹒跚，年龄的增长意味着见识的提升；或许并不需要太多的话语，便会有新一轮的领悟，但是很多时候，人们常常会感到迷惘，太多的东西限制了人们的发展——年龄、身份、能力、处世经验等等。

　　人的成长总是伴随着这样的问题：如此年轻稚嫩，在这样的年纪，我可以做些什么？我有能力做这些事情吗？这么做的话，可以达到最佳的效果吗？怎么做才会让所有人都满意呢？有时候，问题会很多、很杂，就像是蜘蛛网一样，一圈圈地将人们网住，人们因此会感到无力、压抑，有时候还会觉得失望甚至绝望。

　　因为人们无法解决这些问题所带来的困扰，于是，问题便一直紧紧地跟随着人们，死缠着人们不放，这让人们更加无法冷静地思考，无法专注地做事。如此一来，恶性循环，麻烦就多了。随着长大，人们要做的事情越来越多，遇到的困扰便会随之增长，那些从来都不曾将问题解决过的人们便会感到更加的惶恐，甚至开始丧失了解惑的能力，开始迷迷糊糊地做事，迷迷糊糊地做人，到了曲终人散之时才后知后觉："不对！这样做是不

对的。"但是，就算这个时候发现了不对，发现了应该是要改进的，却没有解决的办法，因为自己从来都没有想过遇到了问题，自己应该首先要将疑惑排除，将事情清晰地展示在自己面前。

于是，人们会变得急躁，心中残存着的疑惑、问题、谜团越来越多，做事效率越来越低。人们常常会碰到这样的情况：有时候会在做这件事的时候，因为上一件事情遇到了太多的疑惑不曾解决，而不停地想着那件事情，想着是否换一种做法，便会有另外的一种更加好的效果……就像很多同学遇到的情况，数学考试结束后，有些题目总是在脑中回荡，于是，在物理考试的时候，总是无法专注在本次考试中，导致前一轮的考试没有考好，后一轮依旧无法集中注意，这也就是所谓的恶性循环。请注意，这个恶性循环并不是外界原因造成的，恰恰是由于人们自身存在了太多的迷惑，导致无法正确地认识这个世界，认识自己的方向与人生！

因此，会有人这样说：人生路上的一大重要的使命、重要的任务便是"解惑解谜"。人生路上，总会碰到这样那样的问题，会迷惑不解，会踟蹰不前，但是同样的，也会遇到这样那样的老师。"三人行，必有我师。"遇到问题，及时解决，若是自己的能力和水平无法将问题解决，那么，请及时地向那些可能知道答案的人询问，所有的问题和疑惑万万不能超出自己能够承受的范围，更不能愈积愈深，要知道压死一只骆驼，最后或许就只是再加上一根稻草！

曾经有人这样说过："每个人身后都会站着250个人，这些人力资源或许会在某一个时刻显示出他最强大的魅力，或许很多人都没有用到自己的资源，有了困惑，苦苦地挣扎着，其实，只要转身，随意询问，或许便会有答案浮出水面。"善用这些资源吧，人总会有这样那样的问题，总有需要他人为自己排忧解难的时刻，每个人都有可能会在自己的人生路上迷茫无助，无法自己解决所有的一切。这个时候，不要犹豫，该要问的问题请不加犹豫地问出，哪怕并不能得出最佳的答案，也可能会有所收获。

然而，这并不意味着人们自己就可以不用思考，每个人都是独立的个体，都有着独立的灵魂，都会有着与他人不同的思维方式。因此，每个人都需要有探索精神，每个人都应该发挥自己的聪明才智去了解应了解的知识，都应该学着为自己排忧解难，唯有自己经过了一番努力还是无法解决的问题，再去集结别人的意见和答案，解决问题。思考过，没有结果并没有什么错，但是，学而不思则罔，思而不学则殆，思考解惑是人生中极为重要的环节，做到了独立思考，做到了为自己解惑，长此以往，便会渐渐发现，自己解决问题的能力提高了，自己不再是那个只知道寻找别人解决问题，只知道自己给自己压力而不知道如何解决问题的人；会发现自己也可以撑起一片蔚蓝色的天空，成为自己的骄傲！

人生就是一个发现问题、分析问题、解决问题的过程，人们总要经历一番苦难，经过一番努力才能够将自己塑造成一个能够主动发现问题、解决问题、寻求答案的人，这就是一种成就！

# 确定你是谁

　　小时候，当有人问："你是谁？"孩子们总会直接地告诉对方一个单纯的名字，那时候，似乎有这样一个感觉：一个名字就是可以代替所有的答案。长大后，当人们被问"你是谁"的时候，却总会习惯性地在自己名字后面加上一连串的头衔，加上一大串修饰自己的语言，似乎长大了，人变得复杂了，简单的一个名字甚至无法讲清楚"谁"这个概念。

　　那么，人们该怎样定义"我"这个概念呢？在他人询问"你是谁"的时候，究竟是"我"重要还是那个"谁"重要呢？

　　认识自我是一件很重要的事情，自我是人们存在这个世界上的一个相当重要的标杆，谁也无法否认，如果一个人连自己都认不清的话，要想真正认识这个世界根本是不可能的事情！认识自我是一件很艰难的事情，因为存在着太多的干扰，人们总是会愿意花上很长的一段时间去认识他人，了解他人，尤其是那些对自己而言很重要的人，可是，对最重要的自己，人们却往往忽略了。

　　有这样一个故事：古时候，有一个学生，在他上京赶考的路上，遇到了一群与自己一样的考生，考生之间会相互询问对方信

息，当他被问及是何许人时，他便自信满满地说："吾，最佳汉人也！"

他的回话是在自己家乡经常说的一句十分常见的话，可是他的这番话却引起了其他考生们的反感，考生们纷纷对他的话表示怀疑："你最优秀，优秀在哪？""汉人何其多，你怎知自己就是最优秀的？""你的优秀标准是什么？"一个个的问题让那个学生连连摇头，他被问得不知所措，不知道自己究竟该怎么回答，不知道自己该怎么界定，一时之间，他完全迷糊了，不知道自己是谁了！他陷入了一个怪圈——我不知道我是谁了，我不清楚我的价值了，大家都不认同我所说的，那么我的存在究竟是为了什么呢？科考的时候他都在想着这个问题，而且百思不得其解，毫无意外地，他落榜了，他迷迷糊糊地返回了家乡，失落地窝回了自己的家中，关上房门，从此再也不出现在外人面前。

故事的结尾有些可悲，试想，若是他从一开始就对自己有一个清楚的认知，知道自己优势在哪儿，明白自己那句话包含了哪些内容，懂得自己与别人相比，自己存在的意义，自己的价值，或许，他便不至于吹嘘自夸，不至于自己走进了死胡同，不至于后来无颜出门。

因此，我是谁，重要的并不是谁，而是我。"我"代表着自己从内到外的一切表征，不需要外界修饰便有的特有属性；"我"代表着自己灵魂深处的呐喊，不在乎外界如何评判，我就是我，不需要枷锁，不需要想象，你所看到的、现实存在就是我的本质所在，无须怀疑，无须议论，这就是我！

或许年轻时候，人并没有多少定性，未来不知道会成长成什么样子，前方的路也不知道会是一条怎样的路，思索人生的时候，会觉得生命太过神奇，自己太过渺小，在这样广阔的世界中，自我的存在究竟是不是重要，这是人们时常会思考的问题。但是，无论生活会变成什么样子，无论人们现在显示出的是多么渺小的一个存在，现阶段是怎样一个弱小的人，自我总是最为重要的，生命中必不可少的就是自我的存在，认识到这一点，认识到自己人生最为重要的一点，想个方法来提高自己，想个方式来支撑对自己的认知，就算年轻又如何，还是可以探索出自己究竟是一个怎样的人！

当前的自我与未来的自我或许不是一样的存在，每个阶段都需要用那个阶段的思维来形容那个阶段的自己，每次的自我认定都是一次探寻，每次的自我抉择都是一次对生命的渴求，对自己的判断，每一次，都应该活出一个最真的自己，自己必须认识自己。

确定自己是谁，确定一段美好的开始，确定一个前行的方向，然后，朝着那个方向努力奋发，活出一个精彩的自己，让自己满意，这才是人生认识自我的真谛所在，这也是为什么人必须要知道自己是谁的原因，因为只有知道了自己是谁，才会明白自己要什么，知道了自我，才会明白围绕着自我的这个世界里，自己需要、自己渴求的究竟是什么！

明白了这些，生命的价值和意义也就开始了，人生才会有一个美好的开端，才会更值得人们去追求未来。

因为，一切都是为了实现那个圆满的自我！

# 追逐自我

老师曾经这样告诉学生们："人生啊，并不是一场百米赛跑，它更像是一场马拉松，并不需要一口气不喘就完成整个过程，而是需要有足够的耐心和意志跑完整段路。"

老师还教导学生说："人这一生啊，你不能想着它会甜蜜一辈子，可是也别悲观地以为会苦痛一辈子。人生的感觉就像是一杯苦茶，你会觉得苦那么一会儿，过后，你却也能品出它的甘甜。只要你有足够的细心享受人生，你终究会感受那份美好。"

老师对学生们谆谆教诲："生命的意义，在于可以享受生命的快乐，可以追求年轻的梦想，可以完成父母的期待，可以实现自己的期盼，而最为重要的是，人们可以用心地去追逐飞往苍穹的自己。"

然而，漫漫人生路，一步一步地行走，人们品味了个中滋味，而后才能够享受到人生乐趣；人们经历纸醉金迷，而后才知脚踏实地的重要；人们穿梭于金碧辉煌的高楼大厦，而后才可以品读到温馨小屋的美好。人生的路途上，经历了风风雨雨，经受住了各种诱惑，才会在后来感受到甘甜和美好，只有到了这样的时刻，人才能算得上过上了一个称得上是完整的、完美的人生。

可是，在人生的路途中，太多人被迷惑了，被那些诱惑迷住了双眼，在追逐的过程中，追逐到了名利，追逐到了所有渴求，而后将自我丢在了后面。

朋友人生是一个需要自我来完成的过程，没有了自我，这样的人生又有什么意义？

因此，在追求世界上的所有东西的时候，首先，得知道自我应该如何追逐，而追逐自我又该如何去做？人们又该用怎样的行为举止来拥有自我，让自己前行的路不至于偏颇？

有这样一则故事——《小猴子捡香蕉》，说的是：有一只相当聪明的猴子，它知道在前面有香蕉，于是路途上便将香蕉捡到了，可是这只猴子十分贪心，看到不远处有西瓜，它也想要将西瓜握在手中，可是就凭它那小胳膊小腿根本无法将两样东西都带走，它开始犹豫了，自己究竟该把哪个带走，该舍弃哪个呢？它权衡了一下，决定将香蕉丢了，把那重的西瓜扛回去。于是，它带走了西瓜，香蕉不一会儿就被别的猴子捡走了。回到家，妈妈看到了小猴子带回的西瓜，听它说因为这个西瓜将香蕉给丢了便哭笑不得。因为，香蕉才是它们的主食，西瓜压根是可有可无的东西啊！

就像故事中的小猴子一样，很多人在行走的路上常会面临着各种诱惑、各种选择，因为对自身判断不当，因为自己没有了解自己，所以才会犯本末倒置的错误，后悔往往是来不及的，因为很多时候，命运给每个人的机会就只有那么一次，人生的境遇或许也只是那么一段，错过了便永远失去了！

因此，在做任何事情的时候，人们首先要明白自己最需要的是什么，明白自己是谁，知道自己追求的目标是什么，而不是盲目地就凭着自己的喜好做，如此才能够将自己要做的事情做好！这也与古人们所讲的"修天下，先修自己"这个道理一样！

每个人在分析自我的时候，总要从各个角度来分析自己，他人眼中的自我是什么样的，社会眼中的自我是怎样的，自己眼中的自己又是怎样的；理想的自我是怎样的，而现实的自我又是怎样的。因此，或许真实的自我跟别人眼中的自我不一样，或许自己幻想中的自己与现实中的自我有着巨大的差距。

　　人们追逐着的应该是理想中的自我，每个人都该给自己设置一个美好的目标，用以追逐，用来实现。然而，不管怎样，首先不要放弃了当下的自我，要改善的、要追求的、要追逐的自我都应该是在现在的自我基础之上的，充分了解了现实的自我，开始确定人生路上应该追逐的方向，并不断为之努力追逐自我，追逐一个更为优秀的、更为个性的自我！

　　不放弃最真的我，只为有一个更像我的我！

# 放飞自我

　　人总会长大，追逐过的梦想、喜欢过的人、领略过的风光、游览过的城市……而这一切的一切都构成了人们成长中必不可少的经历。

　　成长有时候意味着妥协，意味着要因为各种不同的原因必须得压抑自己的真性情，无论曾经是多么张扬的个性，无论曾经多么的桀骜不驯，长大就意味着很多时候，这些东西都会被无奈地抛下；成长有时候意味着有付出、有代价，意味着磨合，无论曾经有过多么疯狂的岁月，成长的代价就是我们要像河中的卵石，刚开始的时候，都是有棱有角的，后来，经过一轮轮的冲刷，一点点地磨平了棱角，适应这个世界。

　　成长如此残忍，所以，会有人梦想着不要长大。不长大就不会有人对自己说"你该要懂事了"；不长大就不会有人因为自己犯了错误而惩罚自己；不长大就可以像个孩童一般在父母怀中撒娇，在家的港湾中休憩。但是，人总是要长大，就像天总会黑，世界总会一天天地变化，谁也不能阻止这个自然规律。

　　于是，就有人开始发问："难道只有压抑着自己，锁住自己，不断地向这个世界妥协，才能够在这个世界里畅游吗？只有

这样，才算成长么？只有这样才能适应这个世界？这难道就是生命本来的样子吗？"

有一位著名的足球运动员说过这样一句话："其实，我很庆幸，越长大，我长得越像自己想要的样子了。"他无疑是幸福的，所有可以活得连自己都肯定的人都是幸福的，因为世界这么大，事实上没有多少人可以真的活得潇洒，活得像自己。人们总会在生活的浪潮中慢慢地将自己隐去，虽不至于消失，但还是多少改变了自己真正的样子，渐渐变成人们期待中的模样，只为了可以看到那些期待的目光不变成失望的眼神。

生活中，人们总会遇到很多事情，会做出很多的妥协，然而要相信，所有的妥协都不是屈服，妥协只是暂时地承认对方的观点或者做法，是自己在目前的状态下还没有办法论证自己的观点，但是，人们必须要十分清楚地给自己下这样一个定义——我并不是赞成他，只是，这个时候我的观点，还不足以驳倒他。

每个人都有闪光点，不同的是，有的人的闪光点在胸前，只要一低头就看得到，而有些人的闪光点则在背后，自己总看不到，但是，它确实存在着。成长就是这样的一个过程，每个人努力到了最后，都会发现自己其实是多么优秀的一个人，每个人最真实的自己，可能在未来的某一刻成为自己最刻骨铭心的支柱，因此，不要将自己封闭在一个密室里，不要让自己那么孤独；更不要放弃了那个最真实的自己，放飞它，让它先自由自在地翱翔，等到某一天，或许它已经长成了矫健的雄鹰。

有人说过，人是集群的动物，从衣食住行的各个方面都相互依存。或许有人会跳出来反驳："我的衣服自己穿，我的食宿在自家，我的行走自驾，哪里需要别人，哪里离不开别人了？"然而，就算你的衣服自己穿，那做衣服的不是你吧？即便是做衣服的人是你，那材料总不会是你种出来的吧？就算材质是你种的，那么种子总不是你发现创造出来的吧？这一系列的过程总是离不开人，而这些人与你的生活或多或少都有着联系。

于是，才会有了"渴望被这个世界接受"，有了"渴望这个朋友"诸如此类的念头，这或许也就在一定程度上解释了为什么"孤独症"是一种病态的表现。每个人都渴望被接受，渴望被这个世界认识，然而，一个将内心封锁了的人，将自己缩进了暗室的人，怎么可能去拥抱美好的未来？

有的人会在某一天无意地发现，有个名人表现出来的一些特点自己身上同样具备，但是那位名人可以毫无顾忌地表现他的特点，他自豪地说："这就是我！"而那默默无闻的自己却只在一旁暗自神伤地看着，而后，对着镜子中的自己声讨着这个世界的不公平——为什么同样的人，有着同样个性特点的他可以万众瞩目，而我却无法获得承认？为什么你说那是你，为什么不能是我？

亲爱的朋友，想过没有，为什么不是你，不是你站在那万人瞩目的舞台，舞动着你的身躯，尽享那些呐喊、那些欢呼？究竟是因为上天的不公、命运的不济，还是因为自己从来都不曾打开过那封闭了的心扉，让人看到最真实的自己呢？

人生下来是为了什么？不就是来世间走一遭，体验一番世间百态，无论是苦的、甜的还是酸的、辣的，都该是你自己去品，用心去品，才能够感受到。然而，每个人都必须要知道，没有灵魂的品读是完全可靠的，一具躯壳，要它何用？每个人都必须承认，将自己锁起来的人生不会快乐，一个连自己都不敢放飞的人，如何期待他会有精彩绝伦的演出？

灯光和花火一起闪耀，每个人都该有独特的自我，无论前方是康庄大道还是荆棘小巷，只有让自己出现，才可以真正地享受到人生的快乐。

放飞自我吧，无论曾经压抑了多久，无论因为这个世界哭泣了多少次，无论有过多大的压力、多么的无助，总得相信，有

自己的人生才算是一个真实存在的人生；做自己，做最真实的自己，放飞自我，放飞青春！

放飞自我吧，哪怕我们会跌倒；放飞自我吧，哪怕我们拍打翅膀的力量都很微弱；放飞自我吧，哪怕我们曾经如此怯懦……

放飞自我吧，飞往属于自己的天空！

 以心自鉴

　　每当生气时，不妨在心里问一问，为什么要生气？是名利心增了，还是得失心多了；是求成心急了，还是自私心重了？生气，即嗔怒，佛法所讲的贪嗔痴中的三毒之一，能毒害慈悲和理智；一念嗔心起，百万障门开。

　　古往今来，有太多的人忘记了以心为鉴，任由自己改变，任由生命的轨迹变得难以捉摸，任由自己掌控不了自己，于是，贪念、破坏、残暴陆续形成，而后，只能作茧自缚、自食恶果。

　　唐太宗在位的时候便说过："以铜为鉴，可正衣冠；以史为鉴，可知兴替；以人为镜，可以明得失；以心为鉴，可察吉凶。"他广纳人才，文治武功，固不待言，因而他统治的时代开创"贞观之治"的盛世。

　　他无疑是一位优秀的统治者，他在位期间，百姓安居乐业，臣子忠心耿耿，国家欣欣向荣。这正是因为他时刻提醒着自己要保持自己内心的宽厚、仁慈，以一颗赤诚的心对他的国家和人民，他甚至在魏征死后，曾经无数次地叹息，自己缺少了一面镜子，害怕自己会犯错误。他得到了大家的拥护，使得臣子百姓能够更好地为了建设国家而付出，因此，成就了他辉煌的人生，更

带领着唐朝走上了国富民强的道路。

东阳先生曾评价唐太宗为"继孔子之后的中国数一数二的伟人"，而《中国人史纲》中则这样写道："自盘古开天地，李世民大帝是中国帝王中最初一个被中国人真心称颂崇拜的人物，固由于他的勋业，也由于他本身的美德。他治理国家的一言一行，成为以后所有帝王的规范。"瞧，这就是唐太宗李世民，有了一颗始终如一的善心，能够为自己成就一番伟业，更能够为他人带去一份安宁与美好，这是人的力量，更是心美、心正带来的美好和光明！

古往今来的事实教育着如今的人们：心正则人善，人善则世嘉；心斜则人恶，人恶则世责。人生在世，诱惑和陷阱太多了，保持清醒，时刻让自己的内心保持正气凛然，如此一来，生命的轨道才不至于弯曲，人才不至于那么容易生气，容易变坏，容易迷失。审视自己的内心，用一颗最真、最正的心来作为鉴定，好好地做人，好好地生活。

世界如此美妙，人们为何要让那原本纯洁美好的心灵染上污垢，破坏了最初的纯净？

# 第三辑
# 你准备好了吗?

冰心说过：成功的花儿，人们只看到了它亮丽的外表，然而当初它的芽儿却浸透了奋斗的泪泉，洒满了牺牲的血雨。要想成功，你会怎么做？你能够做些什么？前行的路，奋斗的光景，你准备好了吗？

# 你的枪里有子弹吗?

有这样一则让人可叹又可气的新闻:一位在深圳街头执勤了二十六年的从来都没有拔过枪的巡警,在他值岗的最后一天,在华强北路,一名歹徒出现了,巡警毫不犹豫地追了上去。就在靠近歹徒的那一瞬间,歹徒向他挥刀砍了过来。他闪躲了一下,却还是被砍伤了左臂,使得那名歹徒逃走了。就在歹徒仓皇而逃的那个瞬间,他想起了自己腰间的枪,可是他没有动手,因为他知道,今天,他的枪里没有安装子弹!于是,这个机会,就这样错过了!

看吧,原本是个多么让人敬佩的巡警,他可以冒着危险去捉拿歹徒,他兢兢业业地执勤了二十多年,可是就是这样一位巡警,他竟然没有在枪里装子弹,这个最为重要的准备工作,他竟然没有做,于是,就算是有机会开枪将那名歹徒捉拿,他依旧没有抓住这次机会!这是多么可悲啊!

人这一生中,总会因为没有准备好而遇到各种挫折,各种不如意,试问:你有没有遇到过这样的情况,明明你信心满满地去参加考试,可是走到考场却发现自己忘记带准考证,你被拒绝入考场;原本你打算用吉他弹唱一曲你练得十分熟练的歌,打动你身边的所有人，可是你忘记检查你的吉他，它在你不经意间断了一根弦，于是你无法将你要的效果表现出来；你在沙漠中渴到不行了，你记得你出门的时候带了一个水瓶，可是打开那水瓶，发现里面一滴水都没有，你感到绝望吗？请不要绝望，更不要感叹命运对你的捉弄，这一切都是你自己造成的，没有谁逼着你去做这样的决定，更没有谁会让你不准备充分就上战场杀敌。

生活的每一步都是需要自己好好准备的，就像农民在播种插秧之前总要检查好田地，将地翻新一遍再洒下种子，这是为了种子可以更好地在土壤中发芽，为成长所做的准备；就像攀爬者总要准备好绳索才会让自己去攀爬那陡峭的山峰，这是为了自己的攀爬可以更加顺利，让自己的生命有保障所做出的准备……每个人，要做每一件事都需要有一个提前准备，就连上课还会有一个预备铃，生活中的每一件事情，又怎么能够可以没有缓冲准备呢？

人生奋斗的路，准备工作是最基础的，就像人们无法想象一个不认识二十六个字母的人会唱出流利的英文歌；无法想象一个没有画笔的人能够画出绚丽的图案。人们总会存在这样的意识："总得手中有些准备，有道具，才能有展现的机会。"

都说，机会是留给有准备的人的，想要获得成功，就必须要未雨绸缪，或许像新闻中的那位巡警，二十六年间都没有一个让他开枪的机会，可是，当机会来了的时候，腰间的枪里却没有子弹，他所做的准备完全没有到位，他如何去期待自己可以将自己的执勤日子完美地收场，获得一个完美的未来呢？

养兵千日用兵一时，人们总得准备着后续的力量，方能在敌人入侵的时候，及时地予以反击；同样的，台上一分钟，台下十年功，准备的时间够充分，你的成就或许就会越大。

人生中的每一次迈步，都应该有一个强大的支撑，人总要为了突发的、潜在的事情做些准备工作，以免自己的事情来临的时候手足无措，就像火车、地铁、公交车会在车厢内放着灭火器和锤子，尽管事故并不经常发生，但是只要有事故发生，这些东西都是可以用得上的，因为准备好了，所以在事故来临之时，就不会显得无措。

尽管生命并不是一成不变的，尽管生命充满着各种变数，但是，有了准备总比没有准备要好，就像出门带伞，不管有没有下雨，至少心中有个底，在暴雨来临的那一刻可以防御，可以让自己不至于那么狼狈。

准备好了，再出发，不要匆匆向前，不要着急，未来需要好好规划，人生准备好了再出发，才会有一个真正地防患于未然，好好地完成自己的使命。

# 你的目标瞄向何方？

　　没有目标的人生就像是没有指向标便在大海上行驶的船只，一个不留神便会迷失方向。我们的人生，总要设法去了解、去规划你的未来，但是最为重要的是，我们首先必须要有一个清晰而明确的目标。只有这样，我们才会知道自己要的是什么，才会在行驶的途中有个清晰的方向，而不至于迷了路。

　　QQ邮件阅览中有很多的经典话语，印象最为深刻的一句便是："人生要找到两个北，一个北是要知道自己是谁，另一个北是知道自己要去哪里，而很多人都无法找到这两个北，他们总是不自觉地就奔向了别人的北，最后却发现失去了自己所有的北。"读完这句话，我开始思考，我的北究竟在哪里，就像我曾经思考过无数次的——我的未来，我的目标究竟是什么。

　　我记得最开始定自己目标的时候是小学一年级，六一儿童节的时候，看着台上被表彰了的同学，我第一次有种强烈的渴望，我回家跟父亲说起了这件事情，父亲笑了笑，对我说："你记住你现在想要的东西，这个东西就是你要往前走的方向，你可以自己记下来，问问老师，怎样才可以被表彰，然后问问自己，你想要什么表扬。"

　　我记得当时将我的目标写在日记本上：我要被表扬。我要当少先队员！那个时候，有些字还不会写，只知道拼读，可是，我写得相当认真，我问过老师，然后写下了自己要怎么做，做些什么。后来，我成功地在下一学期登上了那个领奖台，系上红领巾，拿过班主任发的奖状和本子，笑得一脸灿烂。

　　后来，我喜欢上了这种感觉，想要做什么，我都会写在本子上，要怎么做也会写在本子上，而后一点点地去做，这样一来，我总能够收获到我想要的，有时候还会有额外的惊喜。

　　五年前，我读高三的时候，因为一些事情，我到了初二的一个班上带学弟学妹们，课闲时间，我跟一个表弟和他的同学聊了一会儿有关未来、有关目标方向的事情，可是，或许是因为太小了，所以大家都没有意识到未来、目标的重要性。现在我依旧记得当初一个弟弟说的话："考虑那么多做什么，未来、目标是什么，我们为什么要想呢？父母安排的人生路，我们走就是了，有时候做一天和尚撞一天钟也是好的，我才不去管什么大目标小目标，得过且过呗！你们在这里说这些东西又有什么意义呢？"他说完这番话，我们一群人静默了几分钟，而后笑了。那时候，也将要读高中的他还是这样的一种心态，我为此感到有些羞愧，姐姐的教导、父母的教诲果真是一点儿也没有做到位，不然他的同龄人在规划自己读高中该怎么读、大学时要选什么课程的时候，他却一点儿也没上心思呢？后来，上大学后，我给表弟写了一封信，在信里，我就跟他分析了目标的重要性，跟他讲了要好好地想想自己想要做什么。我不想这个表弟真的如同他口中所说的那样，真的就得过且过了。

　　表弟还是辍学了，他跟着他的姨父一同去开淘宝店了，而后，没过多久表弟的父亲便被诊断出了尿毒症，一家四口人，一个生了病、一个是嗷嗷待哺的两岁孩童，剩下的劳动力就是表弟和舅妈。生活一下子变得有些拮据，生活的重担压在了他们两人的身上。可是，表弟的淘宝店生意并不如意，他十分着急，却也终究是无能为力。我觉得有些痛惜，不仅仅是因为还未成年的表弟就这样辍学不读书，更是因为他从来都不曾想过自己要的生活是什么样的，因此到了最后，将自己的生活过成了这个样子。

再后来，他时不时地跟我聊天，说自己应该要怎么样做好电子商务，他跟我说，原来的时候，他是有想过定下这个目标，然后学点儿关于电脑、关于销售的知识，可是后来，日子一天天地过去，他便将这些事情忘记了，然而，当用到的时候才发现，这些东西都是必须要掌握的，可是之前从来都没有把这个目标、这个计划当一回事，因此，现在后悔已经是来不及了，如今也只能靠自己慢慢地摸索学习，只期望能够快点儿掌握要点，提高销售量，赚更多的钱。

听完他说的话，我还是笑了，这次的笑跟上次不同，这次，我觉得他总算是把我跟他说过的话记在了心里，他总算是明白了自己的人生目标是什么，尽管说要多赚点钱，有些俗气，可是，就是这样俗气的目标也是要经过一番努力才能够实现的，他现在正在一步步地制定自己的目标，一点点地实现自己的目标，我想，成功指日可待！

生活中，总会碰到一些意想不到的事情，但是，生活总会提前地给予人们暗示，每个人都应该要有对生活的目标，就如同每个人都应该有对自己人生的见解一样，因为有了目标，对于生活的暗示，人们才会明白，同样的因为有了确定的目标，人们才可以更加明确清晰地将暗示转换为行动，从而改变自己的窘迫。

目标很重要，每个人都应该有这样的一个认识，在大海中航行、在森林中行走，没有指示标，往往容易迷失方向。每个人这一生要走的路很长，谁也无法衡量自己的路究竟会走多远，因此，每个人要好好地为自己的将来做好规划，做好目标，可以定一个长远目标，然后将它做成自己可以一点点完成的小目标，一

点点地实现它，慢慢地，到了要用到它的时候，人们就会发现，原来因为自己总是一点点地实现了小目标，因此，一点点地接近了成功！

# 风雨兼程

有一句广告："经历风浪方可彰显男儿本色！"

有一段歌词："不经历风雨，怎么见彩虹？"

有两句诗："乘风破浪会有时，直挂云帆济沧海。"

还有很多很多这样类似的话语，它们都透露出人生的一种境界——既然选择了远方，便只要风雨兼程。不管前行的路上会遇到多少的风风雨雨，总得咬牙坚持，不到最后一刻，没有见到曙光之时，决不放弃！

有很长的一段时间里，我都有这样一种想法——如果我的人生没有一点儿风雨就好了，因为这样的话，我就不用去品尝那些悲痛和离散，无须去计较那些逝去的、错过的、苦楚的。我以为只有平平稳稳的生活才算是真正的美好生活，因为看过太多的悲痛的故事，听过太多的哭闹声，我无比地羡慕那些生活在蜜罐子里的人。可是，在我最惬意、最没有追求的那段时间里，我看了一期《杨澜访谈录》的节目，在这里我听到我最敬佩的"女神"说了这样的一句话，就是这一句话，让我开始对自己的认知和行为产生了反省的意识。

她说："因为害怕失败、害怕痛苦、害怕失误，所以就不去

尝试，那么这样的人生又有什么意义呢？我们一生中总应该要去品味不同的感觉，总要去感受不一样的风光，只有经历过风风雨雨，走过荆棘小道、踏过康庄大道、吃过苦、享过福才算是真正的人生啊！"

我开始审视自己这一段时间里的所作所为：我原本打算去一家五星级酒店做前厅领班，可是听到人事部的经理说的那些条条框框以及因为做错了事情要处罚的措施后，我退却了，我不想去尝试我职业生涯中的第一次失败，可是同我一起去投简历报名的朋友却在里面做得很好，她本身是比我还要懒散的人啊，可是她做错了什么，下次便改进了，她迟到了一次，被训过一次，下次，她便更早地起床，成了她们组里最早的一个，而后经理就开始表扬她，表扬的次数多了，便有了奖金，那些曾经扣除过的钱又都回到了手中。

这样的事情层出不穷，我总是在害怕遇到困难挫折中否定自己要行动的心，我总是在担心不能成功的过程中将自己要前行的方向改变，于是我宅在了宿舍，总是那样，每天无所事事，让我不断地感到空虚，感到自己很没用，可是我从来不用心去反思，不去改变，因而我虽然没有感受过失败的苦楚，可是我同样体会不到成功的激动和美好……

试着去尝试那些想做而不敢做的事情吧，就算会经历失败、经历挫折，就算在这个过程中会哭泣，会失望，会难过，可是至少经历了这些，经历了苦难，人便会静下心来，会发现，其实在这样的一个过程中人们也会收获一份喜悦，一种难以言喻的幸福感，这种喜悦和幸福感不去尝试、不去经历是无法体会到的。

都说，要成为一棵松，便要经历风吹日晒，傲拔在巅峰；

都说，要成为一株梅，便要经受风暴雪袭，绽放于寒雪。

人生百态只有品味过，才算是真的生活，不经历风雨怎么见彩虹？不经历风雪，怎得梅花扑鼻香？经历风风雨雨，穿越千山万水，总会有彩虹，总会见光明。

　　不要害怕挫折，不要畏惧困难，每个人的人生，都该有这些，无论是困难还是挫折，总会在人们的生活中出现，而生命中的每一次失败，从失败中爬起来，便能铸造一个不一样的自己，尝试过，品味过人生百态，无论是什么，无论害怕还是纠结，总归是经历过了、迎着风，逆着雨，告诉这个世界：我不怕，不怕，不畏惧生命中的困难，选择了远方，便只顾风雨兼程，风雨无阻！我不怕，不畏惧，世界上还有这么多人在经受着无法忍受的苦难，他们都能够咬牙坚持，为什么我不行？

　　红尘做伴，要活得潇潇洒洒；策马奔腾，要共享一世繁华。只有经历风雨，经历苦难，选择了远方，便义无反顾，便无所畏惧，便只顾风雨兼程！谁也不能阻止我们前行的路！

# 讷于言，敏于行

　　中国古典哲学中有太多精髓，其中《论语》上写着："君子贵讷于言而敏于行"，是当今社会必不可少的一种品质，这句话的意思是君子应当做事的时候勤奋敏捷，说话的时候谨慎。

　　如今社会，不仅仅是要能够干实事，更要懂得语言的艺术，因为生活中，无论是你做事情还是与人交流，无论是要致力于做哪一个行业，说话大大咧咧，不经大脑，并不是不好，只是面对不同场合的人，必须要有不同的行为方式和行为准则。行动迟缓吞吐，也并不是过错，只是当今时代，新旧交替迅速，若是人们总是这般动作，如何可以跟上时代的步伐？

　　所有的市场营销指导老师都曾经这样说过："做市场的人，头等要事就是要学着锻炼你的口才，因为不管从哪个角度来说，你要向你的客户推销某一个产品的时候，你总是要向他'讲'这个产品的优缺点，因此，你得学会说话的艺术，然后才是扎实苦干，四处跑动，积累经验，明白步骤。"我身边有这样一个例子。

　　我的姐姐在做网店，我的舅舅也在做网店，他们做的都是同一个行业的淘宝生意，舅舅比姐姐还要早一个月去淘宝店开店做生意，可是半年过去了，舅舅的信用等级以及他的生意始终有些不够看，他在这个月总算是到达了三个钻，每月的营业额也只是三万左右；而姐姐的信用等级在很早之前就上了三钻，上个月更是到了四颗钻，营业额也在很久之前就已经突破了七万元，这个月更是有望到达十万元。对此，我刚开始的时候有些不理解，因为在我的印象中，电子商务主要还是靠占得先机，既然舅舅的店铺是比姐姐的店铺要早开业，为什么他的生意始终没有办法红火起来呢？

我认真地看了他们店面装修、评价解释以及聊天记录，研究了一段时间后发现，姐姐和舅舅两人在与客户交谈过程中的技巧和态度是很不一样的，而正是这种不一样，使得客户的评价变得不一样，而客户的评价不一样了，新的客户的购买成交转化额也相应地就不一样了。

舅舅不怎么会使用电脑，因此，平日里与客户交谈的基本上都是他的儿子，我的表弟，而表弟平日里的说话风格都是属于不经过大脑便脱口而出的，极容易引起客户的不满情绪，例如，有一次客户与他交流，说价格可以再优惠些了吗？表弟给便宜了点儿后，客户又提出一个异议，表弟便说道："你还想要怎样啊？"这句话一说出口，客户就再也没有开口，这个客户就相当于流失了。表弟的人生阅历和见识就摆在那里，很多事情都无法考虑周到，更不用说交谈起来有怎样的风度和气度。而姐姐，她在大学毕业后就做过几年的销售，家里也一直在经商，从小便懂得如何与客户打交道，说起话来很有道理，让客户十分开心，使得成交率很容易地就提高，因而生意比舅舅要好很多。

说话是件非常需要智慧的事情。有的人会说话，因此得到了更多的青睐，或许嫉妒的人要说这是谄媚，然而，就算谄媚也得将话说到点子上才会有效果，因此，谁也不能否定，这会说话的人，生活境遇和交往能力更胜一筹。能够学会有水平的说话，不仅仅可以给人带来眼前的各种好处，更能让人从心底便产生一种信服感，还会带动着潜在的发展。

然而，人们也不要天真的以为任何事情单靠说话就能够解决，因为既然是要做事，那么总要有实干精神，将自己说过的话，让人感动过的话语付诸实践，才能够叫人真正地打心眼里满意。

生活有时候就是这样简单，每一件事情，每说一句话都是要有技巧和艺术性，说好了，说对了，离成功便是只差一点点了；但是，生活却又不如想象中那么简单，哪怕就只差了那么一点点，没有做好，就是没有做好；哪怕多么小的一件事都蕴含着深刻的哲理，中国文化中有很多的哲理是人们哪怕用尽一生的精力也无法轻易地就可以明白透彻的，每个人都要好好地学习这些哲学和思想。

"讷于言，敏于行"，要认真地去品味，才能够学到它其中的精髓，必须要做到，从现在开始，好好地做，养成一个好的习惯，未来有一天，它将成为必胜的法宝！

# 春华秋实

初春的花儿带着羞涩含苞，迎着雨露待放，顶着艳阳盛放。

初春的草儿带着腼腆萌芽，迎着清风成长，顶着密雨坚挺。

娇小的幼儿们，带着天真的笑颜，迈着不稳的小脚步，一步一步地学步，就像朝阳，慢慢地往上升，像希望。

娇嫩的孩童们，背着小书包，系着红领巾，迈着轻松的步伐，游走在书本和乐园之间，带着童真，享受欢乐的美好，像冬日的阳光，明媚又温暖，充满希望。

张扬的少年们，挎着小肩包，戴着团徽，跑入校园，如饥似渴地吮吸着知识的源泉，像夏日微风，沁人心脾，带来美好的展望与期待。

沉稳的青年们，穿着意气风发的衬衫，迈着健壮有力的步伐，奔走四方，就像展翅翱翔的雄鹰，飞翔在苍茫的天空，带着梦想去飞。

人的成长，一步一步的，从牙牙学语，蹒跚学步到伶牙俐齿，口若悬河，健步如飞，都是有阶段性的，就如同《教育学》的课本上所说的：每个人的接受能力都是阶段性的，因此每个阶段都应该有该阶段不一样的教育理念。可是，随着时代的发展，

随着生活的快节奏，有谁又在真正地贯彻这教育理念？

现在的孩子们都没有那么童真轻松了，很多人调侃——现在的，因为接触很多的东西，好的坏的都学到了，孩子们要学的东西也太多了，小小的身子背负着重重的担子，所以，很快就变成了少年。然而这个成长并不全面，更不具体，甚至带着缺陷。就好像还没有学会走路的人，就想着自己要奔跑，要飞翔，其后果便是很容易地跌倒，遍体鳞伤。

自然与人们一样，总是一步一个脚印地在慢慢地长大，在变化，种什么因，便结什么果，就如同谚语所言的："种瓜得瓜，种豆得豆。"自然界的发展就是春天开花，秋天结果；就是要顺着生命的节奏慢慢地成长，没有什么东西可以一蹴而就，就像那位农夫，拔苗助长，最终导致了麦苗整片整片地死去，任何违背自然发展的事物都是无法真正地成长、成熟的，谁也不能将谁的生命猛然拔高，就像谁也没有办法让谁的生命忽然地升华一样。

春华秋实，顺应了自然的发展规律才会有一个真的、完美的发展，或许节奏不是那么快，或许那些走得快的人会叫后面的人、备感压力，可是，没有必要害怕，因为本身就是顺着自己的节奏发展的，到了年龄，到了时机一切都会发展为自己想要的模样，生命的发展，自然的节奏，每一个步骤都需要人自己去琢磨，去掂量，去好好地思考，哪怕慢一点，哪怕落后很多人，但是至少，拥有了自己，拥有了自己体验生命的美妙感觉，每一步都是自己走出来的，主动的，积极的，没有任何的催化剂，不添加任何的添加剂，是纯粹的天然，是美好的过程。

春华秋实，付出了，就会有所收获，跟着自己的节奏行走，让身体与灵魂真的合二而一，如此才不会觉得身心疲惫，不会难堪不满，才会有所享受。

生命就如同树叶，绿了又枯。人无法阻止自然的发展，就像无法阻止自己的成长，但是，人却不能像人们对待树木那

样，为了让它更快地成长，便使劲地施肥，只能够顺应自然，顺应发展！

　　草木春生、夏长、秋实、冬残，人们也是这样，不要急于求成，好好的，一步一个脚印，将生命进行下去，播种自己想要的种子，收获应有的果实。

# 踮起脚尖

轻轻地，踮起脚尖，抬头去寻你想看的物件；
轻轻地，踮起脚尖，伸手去够你想要的东西；
轻轻地，踮起脚尖，为了自己的未来展望。

踮起脚尖，感受一下灵魂抽离身体的感觉，就好像每次生活给了重击，人却没有倒下，因此有了支撑自己的力量。

踮起脚尖，体会一番生命瞬间提升的滋味，就好像每一回登上山顶，张开双臂，迎风起舞的曼妙，从此有了渴望的期待。

踮起脚尖，品味一番内心、双眼生出的渴望，就好像每一场绝美的演出，站在台下，看着台上的人舞动着身体、挥洒着汗水，而你尽情挥舞双臂，踮起脚尖，为了看清偶像的美好与力量，从此，渴望不再仅仅是渴望，期待不再单纯是期待；从此，由内心深处滋生出一种叫作追求的东西，开始蔓延，开始延伸，开始侵占，处处不留情，处处横扫，那是追求的力量，梦想的力量。

可是，人们的生活并不可能总是时刻保持踮起脚尖的姿态，那样的根基不稳，因为总是会在某一个不注意的时刻跌倒，然后鲜血淋漓。或许有人会说："每种生活都是自己选择的，当选择

踮起脚尖的时候，就应该会意识到总有一天，会因为不小心而跌倒，这种结果本身就是自己该要承受的！"

那么，难道踮起了脚尖就一定要承受摔倒在地，鲜血淋漓的后果吗？难道就不能选择一个更好的方式，好好地让自己站得更稳，哪怕生活在某一个时刻必须该踮起脚尖的时候，也该有一个好的方式使自己在摔倒的时候不那么惨烈。

有人说，青春的人该有一个更向上的姿态，就如同在中国合伙人这部电影里所讲的：若是皱纹终将刻上你的额头，但是至少，你不要让它刻上了你的心头。踮起脚尖，并不是一个真正美好的姿态，它就像是一个蹒跚学步的孩子，总是跌跌撞撞，总是担心摔跤，总需要有人陪在身边，否则就有摔倒的危险；它又像是那仰着脖子想要吃树叶的小鹿，就算伸长了脖子，踮起了四肢也无法触及目标，会紧张，会着急，而后一个不小心便跟跄了身子。

可是，有时候，若是不稍微把自己的脚尖踮起，那么远的距离，如何来实现自己的梦想，如何来完成自己的理念？根基不稳，可以选择先打下结实的基础，这样一来，就像是在舞台上完成一场美丽的芭蕾舞，将脚尖都竖了起来，也是能够在舞台上盘旋、跳跃，展现出一种美丽、叫人赏心悦目的姿态。

生命的征途有时候本身就存在着这样的一种说法：就算有这样那样的场合需要大家将自己的身子抽离地面，就算脚底的土壤越来越少，就算必须要登上最高的舞台才能够获得真正的成功，人们也应当享受在旅途中时不时地踮起脚尖的那种感觉，那种会忐忑，会担忧，会不安，会急躁的感觉，这种感觉叫人铭记，铭记成功的艰辛，铭记成长的不易，铭记生命征途的坎坷。

生命如同一个战场，卧倒的时候想着爬起，爬起过后企图撑着，撑好之后便努力站起，而后冲锋向前，不畏艰辛，不怕险阻，上阵杀敌就是此刻该做的事情，或许摸爬滚打，或许匍匐前行，或许奋力冲锋，又或许会有踮起脚尖，谨慎抉择，慢慢向前，慢慢地靠近，冲破敌人防线，攻陷阵地！

当生命过程慢慢地转变，当人生的脚步已经不知道朝向何方，当生命的力道不知道打向何方，不妨试一试，踮起脚尖，慢慢来。

踮起脚尖，提升自我，看到一个更宽阔的世界；

踮起脚尖，谨慎摸索，思考一个更全面的未来；

踮起脚尖，慢慢前行，冲出一个更美好的前程；

踮起脚尖，深呼吸，看风景的变化，改进自己的条件；

踮起脚尖，闭上眼，品社会的进步，飞扬自己的风采。

 步步为营

生活的过程常常会被比喻成一个战场，在这个战场上，人们总要谋划，总要为自己的未来做上一份精美的计划，让自己不至于失去了方向，更让自己不至于输得悲惨。

有人把人生比作是一场围棋赛，每一步都需要深谋远虑，落棋之时必须要谨慎，棋落无悔，然而，很多时候，只要一招不慎，满盘皆输。于是，人们才会需要学会步步为营。

如果把人生比作一场赌博，那么，只能这样说，人生是一场不能够轻易输的博弈，因为每个人的生命只有一次，每一段旅程也只能够行驶一次，没有谁能够重走青春的路，没有谁能够在年老之时回到童年的光景，更没有谁可以在犯下了滔天大错被处置后仍然可以将自己当作是一个无瑕的人。有时候，生命就是这样，明明有无数种可能性，可是却矛盾地让人明白，即使生命客观地存在着那么多种可能性，它始终会围绕着同一种可能旋转，这是一个不可逆的过程，更是一个不能够轻易更改的过程。因此，人生该要学会步步为营。

所谓步步为营，就是人们在走这一步的时候，该要为自己的下一步做好准备，就像国际桌球比赛，两个选手总有一个人要先

出杆，而这个先出杆的人必须要将自己的所有球的落点定好，让自己将球打入袋中，一步一步地设计好，使自己有一个更好的成绩，而当自己的球怎么打也没有办法落到袋里去的时候，便要做好准备将球打散免得让对方轻易得手。这是一种计策，试图让人从一开始便设计好自己要走的每一步，这种步步为营的手段能够让人感受到一种胸有成竹的气场，会叫人心安，因为以后的每一步都掌控在自己的手中，这种美妙的感觉不常有。

然而，没有谁能够真正地做到将一切都掌控在手中，就算是步步为营也要做好意外发生的可能性。因此，人们在做任何事情的时候，总要有第二手准备，就好像很多球队总会有替补队员，尽管很多时候他们都是坐在板凳上，然而当正式的队员打得累了或是受伤了的时候，教练总会将他们换上场，让他能够好好地将比赛进行下去；就像很多人尽管电脑里已经将要写好的材料存档了，可是依旧会准备一个U盘，以备不时之需。

生命的过程很奇妙，人们总是很难猜出究竟下一刻会发生什么事情，然而，人们却可以努力地掌控生命的节奏，步步为营，就算无法真正地实现自己的目标，依旧可以将节奏掌控在自己的手中；就算没有办法真正意义上将想做的事情全部做完做好，至少该有的步骤都已经存在了，缺少的只是时机和由于突发事件导致的意外补救措施。人生本身就是一个奇妙的过程，规划好了未来，能够应对未来的一切变化，就算偶尔会失误，也可以调整方案，让自己可以品味人生乐趣。

步步为营，不是墨守成规，只是要在事情发生之前将解决的方案想到，要让自己有能力可以处理好一切的不平，处理好生命中的各种矛盾与纠结坎坷，让自己可以稍微地过得舒适一点，不会因为意外而感到惊慌失措，这便是步步为营的妙处！

步步为营，不是按兵不动，而是要在关键时刻紧逼对手，让对手无处可走，将敌人、苦难通通赶走，不用畏惧最终的得失，

因为早就做好了的计划，早就有了的办法，解决任何事情总会有新的途径，总会叫人明白什么是自己真正的打算。

　　步步为营，也意味着要精打细算，意味着要脚踏实地，意味着要行动落实，不是一蹴而就，不是异想天开，是真真切切的实战演练，是真真实实的舞台演出！

# 天生我材必有用

伟大的诗人李白这样说："天生我材必有用，千金散尽还复来。"

萧伯纳说："有信心的人，可以化渺小为伟大，化平庸为神奇。"

桑塔亚娜说："哥伦布发现了一个世界，他并没有用海图，他用的是在天空释疑解惑的信心。"

爱默生说："自信是成功的第一秘诀。"

古今中外的名人志士对于自信都有着独到的见解，他们都用自己的行动和言语告诉了世人：自信，很重要。自信在人生命过程中起着相当关键的作用，它就像建房子时候需要用到的一块基石，必须要存在，才不至于让那房子倒塌。自信，在每个人的生活中都起到了相当关键的作用，无自信，不自立，学着自信，品读人生，享受人生！

上初中的时候，老师带领着学生们开始区分"自信""自卑"和"自负"这几个词之间的差别，从此，我知道了，我要自信，或许我还有点儿自负的心理，可是，我绝对不能够自卑。我为自己的这一个决定而高兴，在我的认知中，哪怕是自信过了

头，也不能够对自己没有信心，不相信自己的人，能够做成什么事情呢？

于是，我就这样带着对自己的满满的信心，开始成长。成长的路，并不如我心中想象的那般美好，就像很多人说的那样：生活，就是把你光鲜的外衣剥了，让你摸爬滚打，把你打回原形，而后，它在一旁看着你是否可以真的爬起来，或笑话你，或激励你。但重新开始的一切都靠你自己的决心和信心。

高中是我人生路上的一个分水岭，因为从小城镇到县城最好的学校上学，那种四处看过去都是优秀的人的感觉，几乎可以压得人喘不过气来。我开始不断地对自己进行反省，不断地开始怀疑自己的价值，甚至开始怀疑这样的一个选择是不是正确的，我究竟属不属于这里。我就这样度过了我在高中生涯的第一个月，怀着忐忑的心情，回家述说着在学校的各种苦楚。

这时候，父亲看了我良久，最后，他说了一句话："你现在是骆驼中的骆驼了，不是马群中的骆驼了，不是你不优秀了，而是优秀的人多了，可是，这并不影响你的优秀！"

我恍然大悟，并不是我不优秀了，而是在这样的一群优秀的人中间，我便感觉不到那种优越感，因此，我内心深处的那缕自卑的思想就浸透了我的大脑，让我不断地自我否定，不停地迷惘彷徨，叫我浑浑噩噩地过了一整个月。

回到学校，我恢复了自己原有的信心，也开始改变自己在初中时的看法——自负终究是不好的！

自信，让我收获了很多，包括学习、友情、老师的青睐同学的信任。高中生活，很快就过去了，我也上了大学，开始了一个更为青春洋溢的时期。

来到大学校园，大家都有自己的目标，都有自己的追求，各类优秀的人才齐聚一堂，我也成了茫茫众生中，极为渺小的一个。我又开始急躁了起来。我去了很多社团报名，又去报名参加了学生会和团组织的干事选拔，好几次，在台下看着台上的那些人做自我介绍的时候，便会从心底萌发出一种不自信：他们都那样厉害，什么都懂，那么，我还能够有机会被选中吗？我胆怯了，一个人偷偷地往教室后门走去。可是，我没来得及走出去，便被我的代班学长拦住了。

他笑眯眯地问："你面试结束了？"

我有些讪讪地答道："我还没有开始，但是，好像不需要开始了，大家都好厉害的，我没有信心能够战胜他们！"

学长听了我这番话，脸色沉了下来，说道："你怎么就知道自己不行呢？你不是在班上的时候很自信吗？就学院的这些人就害怕了？他们厉害，难道你就没有厉害的地方了吗？还是去试试吧，要相信你自己！"

听了学长的话，我非常惭愧，竟然做了自己最不屑做的人——自卑的人！我笑着走到了我的位置，坐定，而后上台自信地展示自我。后来，我接到了通知，我入选了。

生活或许就是这样，人们往往会在不自觉的情况下对自己失去信心，然而，当自己开始静下心来好好思考的时候，便会发现，其实自己并不差，其实每个人都可以找到自己的优点，找到自己比他人强的地方，只是自己一时被蒙蔽了双目，遮住了双耳，忘记了自己还有这样那样的优点。所以，永远不要质疑自己的存在感，永远不要失去对自己的信心。

人只有自信的时候才会拥有斗志，只有自信了，才能够发挥出自己最大的光芒。有了自信心，人们才有实现人生的每一个目标的勇气和毅力，而当每一个小目标实现之后，人们便会发现，其实自己也是很优秀的，自己本来就这样优秀！既然都已经这样的优秀了，为什么还要不自信呢？

拥有一份自信，可以击倒那些总是在打击自己的人，还击他们给过的伤和痛。

　　拥有一份自信，可以激发生命中最为珍贵的情愫，让人生充满美好和希望。

　　拥有一份自信，能够放飞青春张扬的梦，大步向前，就好像不会跌倒，不会失败一样，叫人生的过程洋溢着青春和激情。

　　自信，会让人一步步地走向成功。

　　为了拥有一个美好的人生，请拥有一份自信心，并坚持你的自信！

# 峰回路转

很多人在自己的人生旅途中，总会遇到这样的情况——一路往前走，发现自己永远看不到希望，似乎这条路已经走到了尽头，再走下去便永无出头之日了。然而，有一位哲学家说过这样一句话：当发现自己总是找不到要走的路时，并不是路已经走到了尽头，而是你该转弯了！

孩提时，人们便被教育着要执着，要勇往直前，有关执着的成语一串串的，水滴石穿、铁杵成针、锲而不舍等等，人们将执着这一词象征着一切美好，似乎唯有执着，方可成就一番事业和美好。

然而，有时候，执着本身就是一种负担，甚至是一种苦痛，计较得太多，看到的便只有羁绊；迷失得太久，便有了更深的一种苦楚。放弃有时候是一种另类的智慧，是一种胸怀，更是一种成熟。当然，在这里所说的放弃，并不意味着堕落与自我消沉，而是放下之前积压着的"不归路"，重新以一种新的方式去追求，去面对新的生活。

其实，人生路上很多时候，都是需要主动地放弃，就像姚明发现自己并不擅长水球，而后选择了篮球，成就了他人生的辉煌；就像鲁迅先生弃医从文，将那个时代的好的不好的落于笔下，鞭笞着人们，提醒着人们，成就了他一代文学之魂的称号；就像很多时候，当爱情已经进行不下去的时候，放手，给自己一个沉静的机会，给他人一个反省的机会；就像很多时候，为了心中的仇恨，禁锢了人心中一切的美好，而若是放弃了恨，留下的就是爱了，转身离去，留下的是美丽骄傲的背影，而不是死缠烂打、执迷不悟，害人害己的悲剧。

学会放弃，将昨天的种种埋藏在内心深处，或许还会觉得痛，还会感到伤；但至少会留下美好的回忆，而迎接自己的将是全新的生活，人们可以从此找到一条康庄大道，可以尽情享受自己的人生乐事，追求一种曾经执着的从未品味过的生活，何乐而不为呢？

学会放弃，就像鱼与熊掌不可兼得，就像胡同路口兜兜转转，害怕迷失；但是却依旧能够体会到那种舍去的感受，便会懂得将下一步的选择做得更好，便会拥有一条更为坚定和执着的路，从而不会再有机会去体验那种难过。这便是另一种收获和得到，为什么不放弃那条走不到尽头的路呢？

山穷水尽疑无路，柳暗花明又一村。我们兜兜转转，我们跌倒爬起，我们哭过笑过，总有一种东西是我们需要学习的，那便是适时地放弃。或许会舍不得，可是人生不就是有舍才有得的吗？当遇到的那件事情已经严重影响到了日常生活，为什么还要执迷不悟，为什么还不停下脚步，改变路线，更换思路？为什么还要继续像个傻瓜一样，执迷不悟，苦苦等待，苦苦折磨？

人的成长过程是一个不断地选择、不断地放弃的过程，随着年龄的增长，见识的增长，失去或许是一种痛苦。可是换个思维方式来说，它也是一种幸福；你不能因为失去了绿叶，就放弃整片森林，因为你或许得到的就是那整片的茂密森林！

有人放弃了仰视一颗星星，却得到了整片苍穹；有人放弃了一滴小水珠，却获得了整个大海，放弃有时候是一种智慧，是一种更为理智聪慧的抉择。

可是，这并不意味着人们就可以肆无忌惮地挥霍，肆无忌惮的放弃，放弃总得有原则，总得在实在无法走下去的时候才考虑另一个出路，不要轻易放弃，因为如果那么轻易地就说放弃，那么，那些放弃的事情，那些曾经做过的决定会显得那样的廉价，而未来想要得到、想要争取的东西也就没有了什么力量可言，因为不知道下一刻放弃的会不会就是他们，一切都那样地迷茫不定。

社会从不会否定那些转行的人的价值，可是，公司并不会太喜欢那种一年之内连连跳槽，毫无坚定信念的人。虽说人们或者从来都没有想过自己的生活会因为时不时地改变、时不时地放弃而变成什么样子，但是，聪明的人们至少可以稍微地从那些失败者的例子上看到，若是自己永远都是那一副样子，那一种形象的话，自己要想成就一番事业或许是痴人说梦！

古人说："失之东隅，收之桑榆。"古人还说："得之我幸，失之我命。"善待人生路上的得与失，也善用自己的放弃政策，不要认为在这条直道走到了尽头，人生中的生命和拼搏之路便到了尽头，因为有可能是需要转弯了、换道了；同时，也不要认为自己就站在十字路口，便可以肆无忌惮地拐弯，或许现在正在走的那条路跟目标方向刚好相反！

峰回路转，兜兜转转，总有一条道路是适合自己发展的，放弃了那条自己以为到了尽头的路，适时转弯，走好人生的下一步路。别去计较太多得与失，该是你的，就是你的；不该你得到的，挖空心思也无法得到，就算用尽手段得到了的东西，它也会在手段结束之后，以某一种形式离去。

有时候，转角会遇到爱，遇到对的人、对的事，因此，当前进总是遇到险阻的时候，稍微转一个弯吧，让自己看到另一番天

# 细节决定成败

最近有这样的一则都市新闻：一对夫妇带着年仅两岁的女儿去旅游，他们驾驶着自家的货车行驶在路上，忽然，货车失控掉进了一个池塘。经过一两个小时的施救，终于把车子和三人都从池塘中拉了出来，可是，年仅两岁的孩子还是因为溺水缺氧而失去了生命。这起货车事故引起了记者们的关注，细心的记者发现，这辆货车的轮胎已经是磨平了的，就算是刹车也无法将其及时地停稳。记者后来对那对夫妇进行了一番询问，也证实了自己的猜想，因为摩擦力已经完全丧失，尽管司机在那一瞬间急踩刹车还是没有能够将车子停下，因而酿成了这个悲剧。

这就是细节，如果这位司机在开车之前，甚至是很早就养成一种习惯：适时地对车进行保养和维护，对那些关键性的细节多加关注的话，一切将变得不一样！同样的道理也适用于每个人的人生奋斗之路。

正所谓，一屋不扫何以扫天下？据调查，有几乎百分之八十以上的用人单位会在很多的细节方面考验前来应聘者的素质，而后决定是否要聘用。

有过这样一个真实的故事：一位实习导师带着旅游专业的

青少年成长必备丛书

五位学生到厦门一家四星级的酒店实习，实习期两个月很快就过去了。

酒店的老总认为这一批学生的素质都不错，便对这位实习导师说："彭老师，在这五名学生中，你可以给我推荐一名优秀的学生，来我们酒店做内部服务吧！"导师知晓这家酒店的待遇，觉得自己的学生能够在这家酒店上班也是一件光荣的事情，于是导师经过深思熟虑，又问过学生们的意见后，她向老总推荐了两位学生，因为这两名学生的资质都不错，专业知识都很精通，导师一下子难辨高下，她想要老板自己用他们的评价标准来选定学生。

于是，两名学生被老总指定要完成一份材料，半个小时后，把材料送进办公室。两名学生的材料完成得都很出色，他们先后来到办公室，一名学生直接用一只手将资料递给了老总，而另一名学生则将资料正面朝上，双手递给了老总，并且还将那资料翻开到了老总需要看的位置。看到这名同学的这个小小的举措，导师和老总对视一眼，答案，显而易见——他们要了那名注重细节的学生。

由此可见，有时候，人的一个小小的举动，都充满着化腐朽为神奇的力量，人们在生活的过程中要好好地注重自己生活中的每一件小事，并努力要求自己将细节工作都处理好，这样一来，未来的人生路上就会多一些渠道，多一点被看中的可能！

请相信，细节决定成败，这绝不是一句空话！成功、机会往往很多时候都是蕴藏在那些细枝末节中，人们若无法改掉粗枝大叶的毛病，将无法真正地成才！若是总用粗心来搪塞、来掩盖自己的问题，那些存在的毛病将永远都无法改进，不能够改变自己的小毛病，就无法成就自己的大事业。

细节决定成败，或许有人会反驳——成大事者不拘小节，可是，哪位真正成大事的人在自己要做的事情上会忽视一点点的细节？诸葛亮的赤壁之战，他还是借了东风，考虑到了各种可能的因素，才达到了最后的效果；20世纪四大建筑师之一的密斯·凡·德罗在总结自己成功经验的时候，他用了这样的一个词"魔鬼在细节"，他反复强调，不管建筑设计多么宏伟、大气，若是细节上没有处理好，整栋建筑也不能算得上是一个精美的建筑。

人们总是会不自觉地为自己的过失找借口，告诉自己："这是小事，不重要，没关系。"总是对自己说："还差一点点，没事。"然而，今天这点儿小事没有注意到，明天那里差了一点点，一天一天地，成功变得遥远，胜利女神都要哭泣了。

中国的名言很多，其中有一句是这样说的："细微之处见精神。"还有一句词这样说："泰山不拒细壤，故能成其高；江海不择细流，故能就其深。"细节很重要，每一处的细节都能够反映出人与人的优劣，每一次的细节处理都能够显示出人与人之间的能力差别。人可以大大咧咧，但是不能忘了粗中有细；人可以迷迷糊糊，但是不能忘了精细打算。把简单的事情做好，把平凡的事情做好、做细，生命便可以变得不一般，试一试，享受细节处理带来的乐趣！

# 虚怀若谷

　　虚空能包容一切，所以广大无边、圆融自在；大地能承载一切，所以生机勃勃、气象万千！大海能够容纳一切的河流小溪，因而才有了那丰富的物产、海底世界。

　　人生活在世界上，不可避免地会与这个世界上的人和事接触，请不要随随便便就对别人的行为、言语指指点点，因为他人或许需要你的指点，可是从来都不曾期待你会对他们的事情指指点点，即便是自己的亲人，也不要生起强求心，要随缘自在，因为亲人他们也是有自己的思想和容忍之心的；永远要用一颗善良的心去帮助别人，一个人的心胸若是能够像虚空一样包容万物，那么，这个人怎么可能会觉得痛苦、觉得世界上都是坏人，世界上没有什么事情是好事呢？

　　胸襟开阔的人，往往容易容忍别人的失误和触犯，如此一来，他们自己也会开心；虚怀若谷，看到的满地都是鸟语花香；心胸宽阔，听到的人间到处都是笑语欢声；看到过的风景，呈现出的样子，就反映出了心境的样子，或许处处都是美景，或许处处都是萧条。人生的风光，需要有一颗可以容纳万物的心，如此一来，幸福感会增多，风景会更为美好，人也会更为潇洒自在。

　　纪伯伦曾在他的文章《贪心的紫罗兰》中写过这样一段话：玫瑰花听到邻居紫罗兰的哀叹，笑着摇了摇头，说："在百花群里，你最糊涂。你身在福中不知福。大自然赋予你其他花草都不具备的芳香、文雅、美貌。赶快打消你这些奇怪的念头和有害的愿望吧！满足天赐予你的福气吧！你要知道：虚怀若谷的人，地位无比高尚；贪得无厌者，永远贫困饥荒。"

　　其实人也与这紫罗兰很相像，总是在很多时候都好了还想更好，厉害了还想更厉害，自己的内心总是不知足，不能容忍那些自己看到了，却无法改变的事情，更无法忍受这个世界中有这样那样的缺陷存在，讨厌那些让自己不爽的人，厌恶那些叫自己受过伤的人。然而，一个虚怀若谷的人，往往将所有的一切都包容，哪怕有再多的不满、再大的委屈，总会有解决的途径，总是会有可以行走的痕迹，总归能够找到出路，能够为了自己的未来和他人的未来而努力。

　　林则徐以"海纳百川有容乃大，壁立千仞无欲则刚"自勉，他被史学上称为是近代中国"睁眼看世界的第一人"，正是因为他有了这样的容人之度，有了这样的一种精神，他兢兢业业地为民为国，让后世瞻仰。

　　古往今来的事实证明了这样一个道理：凡是在事业和人生中取得成功的人，往往都是拥有一颗最宽阔的心，正如法国诗人雨果说的那样："世界最宽阔的东西是海洋，比海洋更宽阔的是天空，比天空更宽阔的是人的胸怀。"

　　人这一生最常见的错误是什么呢？那就是人们总是对自己的亲人、熟知的人脾气暴躁，无法忍受他们的不足和缺点，总是苛求着自己最亲密的人能够完美无瑕。人们总是会将在外面受到的不公平的待遇、气恼的情绪带到家里去，然后无意识地迁怒着周围的人，无论什么，甚至是连他们的最小的毛病都无法容忍。

　　亲爱的人啊，这是你日夜相伴的最为亲近的人啊，怎么忍心

伤害，怎么能够以那样的一颗狭隘的心对待这些人呢？怎么舍得让最亲爱的人难过，怎么能够因为自己的一点不可容忍便伤害一个爱着自己的人呢？

　　学着容忍，学会宽容，哪怕不为任何的外人，不为建功立业，但至少为了自己最亲爱的人，为了那些为自己付出过太多太多的人，也该要培养一颗宽厚的心，为了幸福，为了快乐，为了好好生活。

# 境由心生

　　心理学家曾经做过这样一个实验：他们将一个死囚犯带进了一个实验室，并且在实验室让那个死囚犯看到了一把锋利的水果刀以及一个大大的脸盆，几位心理学家自己商量着说道："待会儿把他的手割了之后，就用这个盆子装血。"那个死囚犯听了这话，整个人都吓得没有办法动弹。而后，心理学家们将死囚犯的眼睛用一块黑布遮住，用水果刀的刀背在死囚犯的手腕上轻轻一划，并且在旁边用一个水管一滴一滴地滴着水，他们时不时地小声交流着，研究着。那个死囚犯听着自己的"血液"一滴滴的往下掉便开始紧张，他急得满头大汗，但是整个人是被绑着的，无法动弹，过了不久，一个心理学家说道："这盆已经装满了，我们换一个盆子！"听到这话，那个死囚犯吓得简直是丢了魂魄，后来，竟是被自己给吓死了……

　　弥尔顿曾说："心，乃是你活动的天地，你可以把地狱变成天国，亦可将天国变成地狱。"认识到这一点，在有着各种压力的现代生活中，便可通过营造心境，诗化生活，超越生活，实现一种思想、文化和精神的自我拯救，从而开垦出芳菲满地的精神花园。而若是连自己的心都掌握不了，就像上面的那个囚犯一样，自己想象着痛苦，想象着自己的内心所不能够承受的重量，迟早会崩溃。很多时候，人们原本是生活在一个相对轻松、相对美好的世界，然而因为心中有各种的迷茫与负重，人们往往会无法自我拯救出来，而后，人们便会陷入一个沉重的氛围中，害怕自己的生活改变，可越是害怕，越会改变。掌控好了自己的内心，掌控了自己生命的节奏，便会拥有一个自己想要的生命。

大文学家苏轼在他年轻的时候也是一个相当轻狂的人，他喜欢和佛印禅师一起打坐，一起聊天，也常常以欺负那位老实的佛印为乐，而每次他占了便宜便会回到家中跟苏小妹炫耀。一天，在打坐的时候，他问佛印："你觉得我这样坐着像什么？"佛印对他说："我看你像尊佛！"苏轼听完后相当高兴，脱口而出："你知道我看着你像什么吗？活像是一坨牛屎！"佛印笑了笑，没有说话。回到家中，苏轼将这件事情告诉了苏小妹，并且炫耀着，苏小妹觉得苏轼很丢脸，对他说道："哥哥你还觉得骄傲，别人说是打坐参禅，你还打坐了这么久，连见心见性这个道理都不懂，心中有什么，眼中就会看到什么。人家佛印说你是尊佛，说明他心中有佛，而你说的那个，你想想，自己心中有什么！"苏轼一拍脑袋，明白了！

很多事、很多时候，心中有很美好的一切，便会呈现出一个美好的世界；而若心中满是丑陋，那么呈现出来的世界也是一个并不好的世界。要去追求，必须要掌握住自己的内心，就像一位名人说过的："人们总是会看到自己想要看到的东西，就好比一名孕妇走在大街上，注意到的事情都是街上有多少个孕妇；离过婚的人看到大街上低头沉思或是满脸虞色的人，便会猜想那些人是不是也是婚姻生活不顺利的。人们所展现出来的事情，都是他内心深处所想到的事情。"

外界的生活并不会太深层次地影响到人们生活的质量，而人

生命的内涵

们内心深处的思想却对人的生活产生着极为严重的影响，因此，人们要学会控制自己的心，能够想到的最美好的事物，这便是人生的一种高境界了！

# 做个大赢家

　　寸步难行的时候，要感谢生命赐予的容身空间，感恩身边陪伴着的人；千金易散，人缘难求，富贵也好，贫穷也罢，多结良缘，终有善报。登顶固好，但要勤养生命之气，方能长盛不衰；置身低谷无他，只须振作精神之气，总会否极泰来。烦恼前糊涂些，失去后潇洒点，没输掉人生的快乐，就是大赢家。

　　人生的快乐有很多种，古人便这样总结过人生四大喜事：久旱逢甘霖、他乡遇故知、洞房花烛夜、金榜题名时。所谓喜事，就是可以从中获得快乐、感受愉悦心情的事情。而现今社会，因为充斥着太多的疾病、太多的浮华、太多的奢靡，很多人渐渐地在这物欲横流的社会中失去了寻找快乐的那份心情。日子一天天地过，生活一点点地变化，可是快乐的时光却似乎停留在了过往。

　　很多人在追求的过程中渐渐地迷失了自我，在喧嚣的城市里，找不着自己的痕迹，寻不到快乐的踪影，看不到自己的未来。因而，愈发地难过，唱不了快乐的歌；因而，说不出甜蜜的幻想与展望。

　　很多人在人来人往的世界中，看到的都是他人的美好，他人的优秀，羡慕他们的长处，总是拿自己的短处与他们相比，此后变得对自己的生活失去了期待，而后，无法让自己快乐的生活，

一个人独自在一旁黯然神伤。

很多人总是来去匆匆，就算到了再美的地方、遇到再好的人，也不曾停留，生怕错过了征途中需要忙碌的事物，生怕工作被耽误，生怕自己会因此受到责备，于是，就算走过很多好地方，遇到很多出色的人，也从未有过欣赏的停留，从未动过结交的念头，就像车窗外的风景一般，随着车子行驶，一晃而过，留下的只是匆匆剪影，甚至连个全貌都不曾看到，更无论他是否会给未来带来美好与愉悦。

行色匆匆的人们，请歇一歇吧，倾听身边动听的声音，跟着音乐的节奏放声歌唱，就算唱得五音不全，就算走调，至少这一刻，可以感受到人生带来的喜悦；跟着节奏舞动起来，就像这个世界只有你一样，快乐地歌唱，欢乐地跳动，或许，下一刻，便会发现，生命律动的美妙痕迹。

忙忙碌碌的人们，停下手中的活儿，看看这个世界的全貌，用一种愉快、轻松的心情看着这个世界正在发生的事情，感受一下这个世界的美好，让心得到片刻宁静，而后，也许你会发觉，世界变动、人群来往的快乐。

人生总是会在某一个时刻遇到一份温暖，拾到一种生生不息的希望，幸福总要经历一番人情冷暖，才会感受得到，或许下一刻、或许还需要等待更长的时间，这个时候，别着急，别让迷茫失望和难过悲伤侵占了内心的坚定希望和喜悦欢乐，用最欢乐的童心去感知世界，用童年的信仰与向往来品味生活，热爱生活。

不失去人生的快乐信仰，便会是个大赢家；不失去生命中对幸福的渴望、对快乐的执着，便能够有一个潇洒欢乐的生命过程。或许快乐不会那么简单，可是它也不曾多么复杂过，感知快乐，有一颗快乐的心，不失纯真，不失浪漫，生命这样的美好，人生旅途这般美妙，赢家就是这样！

快乐崇拜，做一个大赢家！

# 第四辑
# 圆梦之艰

　　等待一朵花开的时间要多长呢？一个月？一个季度？还是一年、十年？

　　从洒下种子到开花结果的时间又要多长？一个月？一个季度？还是一年、十年？

　　自然界的美好都是经历了一番等待，那么梦想的实现自然也是需要一番等待，一番艰难行程。圆梦本身就不是一件容易的事情，我们要努力，让我们的梦想变为现实，梦想之树常青，更重要的是让它可以开花结果！

# 等待一朵花开的声音

梦想，苗萌，你可知它正历经怎样一个破土而出的过程，要承受多大的疼痛？

梦想，花开，你可知它吞吐了多少芬芳，历经多少困难，又需要多久？

梦想，果成，你可知要孕育多久的种子，吸食多少雨露，又要浸透多少苦痛？

从播种开始耕耘，从幼芽到花开，从花开到结果，我们要等待多长时间？

从知道身边有一双隐形的翅膀，知道每天的夕阳都有所变化，看到了所有梦想都开花，哪里有风就飞多远，让梦恒久天长；到一路翻阅悲与喜、是与非，经历了爱与恨、对与错，真实存在的力量寻找方向，永记梦想。梦想就像是隐形的翅膀，带着人们飞翔；梦想的力量却是有形的翅膀，给人坚强和勇气，去追逐生命的真谛。

有一个这样的故事，说的是一个人死后被带到了上帝的面前，他对上帝说道："上帝啊，为什么你从来都不曾让我实现我的梦想呢，我祷告了那么多次，为什么你从来都不曾听过呢？"

　　上帝问他："你的梦想就是中一次彩票吧？"那人说："是的啊，你听到了啊？"上帝回道："是的，听到过，听到过无数次，可是，至少，你得先去买一张彩票啊！"

　　是啊，很多人都理所当然地认为，我有一个梦想，这就意味着我时刻等待着，它便能够实现，但是，若是每个人都只知道种下种子，便任其在地里荒着成长，或许这个被种下的种子也会怨声载道。无论是谁，总要为自己做过的事情负起责任，对待梦想也是一样，在心中种下了你梦想的种子，便要开始行动，等待只是在行动后，实施后需要做的事情，不能揠苗助长，便要敬候佳音。可是，若是连行动都不曾有的话，如何来谈及梦想花开？那简直就是痴人说梦。

　　听说，每一个梦想开始的时候都会有一种类似破茧的响音，听到这个声音，就会有种激动的心情，因为等待了好长时间，终于有了一个希望的出现，因此，人才会欣喜若狂。

　　听说，每一个梦想实现的时候都会有一种类似花开的声音，聆听着这个声音，便会有幸福的感觉，因为曾经为此付出过太多艰辛，洒过太多血泪，所以，才会有人喜极而泣。

　　等待一朵花开的声音，从它的芽儿初露到它鲜嫩的含苞待放，再到后来，它真正地开出了美丽娇艳的花儿，美好而动听的声音，你听到了吗？

 **披荆斩棘向前冲**

　　生命总是在奔波向前的过程中遇到各种险阻和困难，也许今天、也许明天会因为路上的荆棘和危险而却步，梦想总是在遥远的彼岸，遥遥相望；而困难总是在眼前，触手可及。

　　人的潜力总是充满着魅力，总是会震惊这个世界的认知，因为人总会在各种险境中找到突破的方法，总能够为了前方的亮光冲出黑暗和重围，真正地完成蜕变，就好像一只美丽的蝴蝶在它化茧之前，总是以一种特别丑陋的姿态展现在人们面前。人也同样如此，在还没有将所有的困难克服的时候，在还是一个失败者的时候，呈现在他人面前的一定是一个落魄的形象，所有的光亮总会要在冲破黑暗之后才能够看见。

　　小说中通常会描述这样的一个情节：故事中的女主角与男主角总会要经历很多的困难险阻才能够真正地在一起，幸福快乐。有人便这样总结了人生，就算过程再怎么艰辛，只要可以在未来的某一刻见到曙光；能够从未来的某一天开始，每一天都是美好的一天，每一天都能够感受到幸福，能够在回首往事的时候，将那些曾经的失意、落魄还是成功完美都能如数家珍般数过来，这便够了，这便值得所有人不畏荆棘、不怕险阻地向前冲。

　　白岩松说过："很多时候，我们活得很累，并非生活过于刻薄，而是我们太容易被外界的氛围所感染。"人们总是渴望着环境可以更好一点，总是期待人生的路可以更加平坦一点，总是在自己构想的王国里活得美好，来到现实的世界里，便很快发现了现实的残酷，而后，被这种残酷吓到，再然后，担心前行的路。

　　可是啊，人生从来都无法倒带，就算你不按快进键，它也一直都在往前行走，它也同样地以它的频率在播放着它该要上演的曲目。与其被迫着前行，不如自己就那样迎着风暴，踩着荆棘，走向前。哪怕前行的路多么坎坷不堪，哪怕会遇到多大的风暴，自己总要向前，不是被迫，不是无奈，而是像士兵突击里的许三多过阵地打突围的时候所说的："不抛弃，不放弃。"

　　岁月静好，人生无常，谁也无法估量未来的某一天某一刻自己将会做些什么，谁也不可能想到未来的某一天，生命将会变成怎样，然而，每个人都该要想到的是，只有今天付出了，今天努力了，今天不曾放弃追求，今天不曾忘却迈步，明天才不至于干枯，梦想才不至于枯竭。

　　未来究竟会怎样，不用多想，每个人要做的是不管此刻自己做了什么，要保证，未来的十年里自己不会因此而后悔，不为自己选择过的道路后悔，义无反顾地往前走，就算是跪着走向人生的前方光亮处，也不要永远站在黑暗的角落，独自悲伤，独自泪流。

　　要知道，生命本身便是一个追求的过程，前方的路那样漫长，那么崎岖，风暴来袭那是很正常的，乘风破浪，披荆斩棘，向前，向前，再向前！

# 梦想，梦幻

　　《爱丽丝梦游仙境》是一场美妙的梦中盛宴，在这场盛宴中，主人公爱丽丝享受到了梦中美好的世界，同时也感受到了这梦幻世界的无力感，在寻找我是谁的过程中，又看到了不一样的纯真世界。从孩童的眼睛里看到的世界与成人眼中所见到的世界是不一样的，甚至是差别太大了，孩子们眼中的世界就像是自己的一个幻想天国，一切的一切都美好的像夏日泡沫，叫人不敢碰触，生怕一碰便会碎了；而成人眼中的世界里便多了很多计较，就算有梦在心间，也有太多的犹豫不决、优柔寡断，让这份梦幻变得有些可笑。

　　梦想是那么美好的存在，它扎扎实实地落在人们的心间，雕刻上了美妙的名字，配上了天使般的翅膀，羽翼渐丰，飞向高空；梦幻是多么神奇的存在，它迷迷糊糊地漂浮在人们的脑海中，错落有致地区别与人们心中的梦想，它有名字，可是却没有那么美好，或许还带着低迷的色彩；它同样拥有翅膀，然而在羽翼渐丰之时，却不知道该往哪里飞翔。

　　人在童年的时候似乎总是梦幻的时候会多点儿，而在成长过后，这份梦幻便会演变成各种不同的形状，飞向不同的地方，有

的变成了梦想，扎根在人们心中，渐渐地长成了一棵参天大树，结成美妙的果实；有的却尘封落尽，消失在无尽的黑暗中，萎缩不见，真正地变了一个样子。

其实，每个人都该有一个梦幻的世界，在这个世界里遨游，哪怕现实世界里存在着太多残缺，至少，得有一个精神世界支撑着自己可以勇往直前。每个人都不该放弃纯真，虽然人渐渐长大便要担负责任，但是，纯真并不意味着就是天真、就是懵懂，而是对生活、对生命的一种敬畏，一种不忍心将其美好打破的一种态度。长大的过程中，每个人都会面对很多的尔虞我诈、会不得不忍受外人的排挤和误会，然而，每个人心中都该留有一份美好。人们要好好地保护自己的双眼，不要让原本清澈透亮的眼睛蒙上了污垢和灰烬。

世界并不是一个童话世界，就像人生并不是一个梦幻人生。有梦想的人生很圆满，有梦幻的人生该是一个相当有趣的人生，虽然不能沉浸在梦幻的世界中不能自拔，但是也不能太过现实，看不到真情，看不到美好，只看得到那赤裸裸的欲望和野心。

人生是个战场，却又不是战场，每个人都有一个梦幻的时期，在这个时期里，好好地幻想一番，世界这般炫彩，人生这般潇洒，生命这般美好；而后，要让梦幻变成梦想，虽然不会强求梦想会不会成真，但是为之拼搏努力，为之奋斗都应该要体现在你人生的轨迹中。

人总是要成长，成长免不了会磕磕碰碰，免不了会失去梦幻，丢失了梦想，可是不要畏惧，更不要抛下，丢了的，可以找回来，找不回来也要重新做一个梦，构建一个梦想王国，在里面尽情地挥洒自己的汗水、笑容与纯真，然后带到现实的世界上，呈现出一个追梦少年该有的精神面貌，让世界看到这份纯真、美好和善良！

做一个好梦，梦里有完美的世界，幻想自己是公主、是王

子，播撒自己拥有的美好，然后醒来，不是幻想，而是该行动，梦想花开的幸福，是时候去品味了，因为尝过梦幻青涩的美好，是时候去品味梦想成熟的甘甜！

# 梦想人生

　　梦想是支撑一个人前进的力量，它如同天使的翅膀，拥有能够起飞的力量；梦想是引领人前行的导航，它就像帆船里的指南针，有了可以正确航行的方向；梦想啊，它又是一个可遇不可求的东西，因为不是每个梦想都可以跟随着人们的一生，有时候，它像夏天的风，悄悄地来，然后又悄悄地走了，引起人们的一阵共鸣，一些悸动，却又没心没肺地离开。所以，会有人抱怨责怪梦想太不坚定，责怪梦想的易变，没心没肺，总是撩拨着人们的心，却蛰伏了一段时间便消失不见，太容易见异思迁。

　　梦想，何其无辜？人们的意志不坚定，所以才会有梦想的见异思迁；人们的行动不彻底，因此才会有梦想的没心没肺；人们的表现太差强人意，才会有了梦想的离开。与其埋怨，与其呵斥梦想，人们倒不如想一想，自己是否需要一个更好的方式来改变自己，为了梦想坚定，为了梦想可以永远留在自己身边。

　　梦想人生，一个相当宏伟的词，有的人或许穷其一生也无法真正地将人生中的梦想实现，梦想的设置不能够太草率，因为人生的每一步规划都会随着梦想的方向而变动，生命在其追逐的过程中会呈现出很多色彩，其中最为绚丽的色彩或许就是梦想，梦

之蓝。

　　梦想人生，一个相当需要耐心和毅力的词，这个世界上有太多碌碌无为的人；有太多追逐过又放弃过，起跑后又停下了的人；有太多人来了又走，去了又回，无法留下的人；这些人，就算自己有了这样的一个梦想，就算知道自己很想追寻这样的一个梦想，可是，他们从来都没有真正地将梦想放在心间，没有将自己的那个宏伟的梦想作为一个自己可以一生追逐的事业来对待，于是，走走停停，总是寻不到自己真正想要的。人生，在其追逐的过程中会出现相当多的选择，而其中最为艰难又重要的选择便是对梦想的执着——梦想，人生；梦想，梦之美。

　　一个人，一生中会有多少个梦想呢？

　　一个人，一生中会要面临多少次被生活的威胁，对命运的妥协呢？

　　一个人，一生中究竟会经历多少次悲欢离合，起起落落？

　　哲学家说，人这一生，会有无数次的妥协，因为各种原因的妥协；会被生活威胁，各种威胁；天下没有不散的筵席，人会经历无数次的悲欢离合；谁也无法避免失败，谁也不能保证自己做任何事情都会一次性就成功，失败在所难免，因而人生的起起伏伏也会随着自己要做的事情的增多而变得多了起来。可是，一个人的一生中，梦想归结起来或许就是那么一两个，没有哪位成功人士会有无数个梦想，因为它的分量太重了，单单是一个梦想有时候就足够令人为之奋斗终生。

　　成大事者，必有其目标，而这个目标的背后就是它所隐含着的梦想，每一个目标的实现就意味着向梦想靠近。人的一生有很多个小目标，每个小目标连接起来就构成了一个大梦想，人生应该要有一个梦想的，不用贪心，要实现无数个梦想，可是至少，要实现自己从一开始就定下来的，终其一生，可以实现得了的梦想。

人生梦想，用一生的精力来完成自己的梦想；

人生梦想，用一生的时间来证明自己的梦想存在的可能性；

人生梦想，用一生的守候和付出来见证梦想实现的美妙！

梦想人生，定下了方向的人生，拥有了斗志的人生，可以向前冲的人生，梦想是支撑着人生乐趣的支柱，是让人生充满无限可能的源泉，无论要为此执着多少年，无论是一刻还是一生，永无止境，永不后悔！

 # 瞧，眼泪都笑了

生活，有时候会笑着笑着就哭了；有时候，却会哭着哭着就笑了。

生活，很多时候就是苦过之后是甜的，而有时候却是甜了之后再苦。

行走在人生的路途中，人们总会遇到各式各样的舞台，在这样的舞台上，有时候会在尽情跳动的时候忽然跌倒，跌倒过后会感到一段特别长时间的寂静，头脑会呈现出一片空白状态，心头会涌现出"完了，一切都完了"的念头；可是，很多时候，人本身并不需要那么绝望，生活中总会遇到跌倒然后才需要站起来的事情，台下的观众们会被那些能够自己坚定站起来继续跳舞的人所感动，或许那位表演者并没有办法得到舞蹈上的奖项，可是，他的精神却让人钦佩。

谁也没有办法一辈子都笑，可是，谁也不能一辈子都哭泣，那样不仅仅会将双眼害惨，还会失去生活的乐趣，跌倒了，怕什么？站起来，随手抹去眼角的泪水，骄傲地告诉世界，没什么了不起，不就是一次跌倒吗？跌倒了可以站起来，跌倒了还能有站起来的勇气，这样一切都够了！

　　有人对上帝这样祈祷："我爱这个世界，爱这个世界上的这个人，爱自己的这份心情，爱自己所拥有的梦想，爱得自己都精疲力竭了，爱得感觉再这么下去就永远都不会有爱的感觉了。我爱了，可是一直痛着，一直哭泣，就像要将我这一生的泪水都流尽般，我祈求，我期盼，可是为什么，这个世界一点儿也没有回应我的情感，难道我的眼泪就那么好收藏，难道就不能怜悯我，让我可以笑着继续生活？"

　　上帝悲悯地看着俯身哭泣的人，说道："为什么要哭泣，那样祈求的泪水浇不灭燎原的大火，打不动冰冷的心灵，更无法衡量爱的深与浅。看这世界，这样美好，是否该收起那欲落的泪水，绽放一个轻笑，给这世界一个还击？"

　　泪中带着笑，该扬起多么灿烂的笑才能掩盖住那已经哭花了的眼？

　　泪中带着笑，该拥有多么强大的内心？

　　泪中带着笑，该明白多么深刻的道理？

　　寻梦的征途上，迷失是多么容易，迷失了，会害怕，害怕过后是恐惧，恐惧了会落泪，多么顺其自然的反应。可是，瞧，那不断地寻找出路的人，他一路跌跌撞撞，一路跑跑停停，一路哭泣，一路哽咽，可是，当他攀上了新的高峰，走出了那囹圄的泥潭，挂在眼珠里的泪水落下，勾勒出了嘴角的笑，会心地、狠狠地笑了，那是多么美而坚强的笑！

　　成长的路途中，失足是多么的简单，陷入泥泞，倒入沼泽，泥土伴着水藻紧紧地抓着他的身子，让他沉沦，让他苦苦挣扎，让人不由得心悸，心悸过后是浑身地颤抖，颤抖伴随着绝望的泪水奔涌而出，瞧，多么自然的环节。然而，看吧，那一刻还在绝望痛苦的孩子，他慢慢地摸索出了逃出泥坑的窍门，他渐渐地领悟出了跳出沼泽地的关键，他慢慢地沿着那脏兮兮的泥潭爬动，不再奋力地挣扎，不再没头脑地浪费力气，他就那样，慢慢地、渐渐地从软软的坑中爬出来，跌坐在严实的地面上，喘息，而后轻笑。那笑中带着对生命的敬畏，带着对自己过去的嘲讽。是了，那泪珠，那笑靥，动人心魄！

不要害怕，前方的路太漫长；不要担心，前行的路太孤单；不要忧伤，前面没有人等待，不会有人爱。哭泣并不是什么不可原谅的事情，谁都有哭泣的权利，就像任何人都可以放声大笑，然而，要懂得哪怕是哭泣，过后也该要扬起笑脸，哪怕痛过，痛得撕心裂肺，也不要忘记了伤口总会结疤，总会愈合，人生总是存在着无限的可能，哪怕此刻乌云密布，下一刻或许就会看到彩虹悬挂在最绚丽的地方，微笑。

瞧，眼泪都笑了，它笑得那样美，那样惊心动魄，那么叫人着迷。谨记，哭过之后的笑，愈久弥香；感动，哭过之后，还可以笑得那样醇正甘甜；感恩，世界可以让人在哭的同时不忘了笑……

# 胜利曙光

　　胜利是什么？对于胜利的定义，每个人都有着不同的见解。

　　有人说："胜利就是一种感觉，一种与失败相反的事实，胜利象征着人们会有喜悦的感觉，会有幸福的感觉，是人生成功的意思。"

　　有人说："胜利就是一种收获，一种播种后，得到了应得的果实而收获到的满足、愉悦的感觉，无关外界任何的意外和灾难。"

　　还有人说："胜利是一种态度，一种对生命对错得失的态度，不以物喜，不以己悲，掌控着自己生命的节奏，掌控着前行的方向，没有过悲过喜，一切都是那样自然。"

　　人活在这个世界上，因为要做的事情很多，所以会有很多的或成功或失败的感觉，失败意味着失去，意味着失落，意味着泪水；而成功则相反，它意味着得到，意味着得意，意味着笑容，意味着胜利。

　　或许并不是所有人都可以品尝到成功，品味到梦想实现的滋味，然而所有人都一定可以品尝到胜利的感觉。因为只要一件事情做好了，人们就可以对自己说："嗯，胜利了！"人这一生要做的事情这么多，谁也不可能每一次都完成不了目标，也不可能每一件事情都做不好，世界这么大，总会有自己可以做的事情，只要能做，那么就存在着胜利的机会，就存在着可以享受胜利滋味的机会。胜利的曙光或许并不如功成名就那般耀眼炫目，可是，哪怕是微弱的光，在特定的时刻也是可以闪耀世人的眼球，可以照亮前行的路，可以给那个总是暗自伤神的自己一种慰藉，让一种称之为希望的东西悄然滋长。

收获，并不是一件很容易的事情，世间每个人都渴望可以在秋收时节获得大丰收，可是，并不是渴望就可以成真的，每一份渴望都蕴含着相当丰富的内容，没有实际上的行动，哪怕每天祈祷，哪怕每天的渴望就像洪水般汹涌，也无法真正地获得收获；就像每个人的大脑所呈现出来的世界与人们真正看到的世界其实也是有着这样那样的差距的，人双眼所看到的世界，只是世界的客观存在，而人们思考过后的世界确实经过了加工，而在脑海中呈现出来的，让人们心中接受的世界，其中的差异，就好像差一点儿就成功与已经成功之间，虽是一步之遥，却还是存在着无法逾越的距离。

胜利，寓意着收获。人生中有这么多的事情可以叫人感到满足，只要有点儿收获，便是一种胜利，因为这份收获是从每个人内心深处感知到的，这种感知会让人从心底感到一种幸福，然后对自己认可，从而达到自己对自己的一种赞赏。然后，人生便有了圆满的感觉，有了这样的一种感觉，胜利便无处不在了。

胜利是一种态度，宠辱不惊的态度，任何事情都不会在存在强烈胜利感的人心中占据多么大的地位，这种态度可以感染人，感染人的行为举止，感染人的生活作风，是否可以看到胜利的曙光，取决于人们是否可以拥有一种对人生的积极态度，先不论得失，不论悲喜，都会积极地应对，无论生命中是否真的会有成功，但是，总要有这样的一个相信自己能够看到胜利曙光的态度。

播种怎样的态度，就会收获怎样的一个人生，没有谁让自己总是处于一种消极的态度还能够收获一个阳光明媚、积极向上的人生；播种怎样的一种态度，就可以拥有怎样的一个生命过程，没有谁总是死死抱着自己的得到，紧紧拽住那些快要失去了的，这样还能够空出手来抓住其他的幸福吗？

每个人都有机会看到胜利的曙光，哪怕微弱，哪怕细小，可是它依然存在，依旧能立场鲜明地宣告着自己的存在感，所以，不要忽略了那胜利的曙光，存在即艺术，幸福的感觉、收获的快乐，得失悲欢的态度，一切都是胜利的初始状，或许并不明显，并不那么完美，可是，它的存在却有种必然。

努力，看到那片胜利的曙光，无论最后究竟会不会成功，可是，还是要期待的，有希望，就有可能性，不是吗？

# 第五辑
# 梦想之重

　　梦想究竟有多重？梦想的力量有多大？有过梦想，有过奋斗，有过信仰，你才会明白，你究竟能做的有多少。我们都该有个美好的梦想，去追逐、去拼搏、去奋斗，趁着你年轻，可以多拥有些你想要的，只因我们还有梦想，还有时间！

　　梦想很重，但是，有时候，它依旧很轻，你把你的梦想踩在了脚下，它怎么会重？你若总是把你的梦想背负在你的肩上，那么，日积月累，你会发现你承受不起。有梦想，很好，可是要将梦想转化为一种力量，一种你可以长久冲刺的力量，不要让它变成你的压力！

　　梦想，是连接现实与未来之间的桥。那些活得太累的人，要么是活在过去，根本看不到未来，要么是太现实，被眼前的名利所困。过去和现实的生活，有很多既定的规则，它们未必正确，却约定俗成，是一种束缚，梦想正是摆脱它们的一条捷径，至少在心灵上不局限在它们设定的条框里。

# 无法衡量的梦想

你有梦想吗？

你知道你的梦想会引领你走向何方吗？

你在为你的梦想迈步前行吗？

或许很多人都不清楚自己的梦想是什么，又或许很多人都混淆了梦想与幻想的差别。那么，人们究竟有什么办法可以来衡量梦想呢？而梦想在人们的生命路途中究竟会起到怎样的作用呢？这一切的一切都是值得人们思考的问题。

我最早接触梦想这个词是读小学四年级的时候，那时候我们的音乐老师教我们唱了这样一首非常好听的歌：《种太阳》，歌是这样唱的："我有一个美丽的梦想，长大以后可以播种太阳……"当音乐老师将这首歌完全地教会后，我们班上的课前5分钟的唱歌时间便开始以这首歌为主了。

一天上午，语文老师提前走进了教室，他静静地听完同学们扯着嗓子唱完了这首歌。一上课，他便问道："同学们，你们觉得种太阳是个梦想吗？"

大家被老师的这个问题问得有些不知所措，因为年幼的我们从未怀疑过这不是梦想，因为它就在课本上，清晰明了地写着

"我有一个梦想"。大家都齐齐地沉默，而后点头。

于是，语文老师在黑板上画了两个圈，边画边讲解："那些完全不能够实现的事情，叫作幻想。例如很多的同学想要当外星人、做孙悟空。而那些你们可以通过努力便能够实现的事情，才叫作梦想。例如有人说自己长大后要当一名出色的医生，有人说自己要当老师、科学家。而种太阳，你们可以做到吗？"

我们看着老师灵动的手指在黑板上画着小人物，又听着老师富有磁性的声音讲解着这两个词的差别，都默默地摇了摇头。那一刻，我忽然之间意识到原来大家都错了，这首童谣压根就是一种美丽的幻想，我们的脑海中都存在着各种各样的美好幻想，而后，这个幻想无限地扩大，告诉我们这个可以实现，称之"梦想"。然而，我们都错了，错得那样离谱，被迷惑了，被误导了。

梦想，应该是可以通过努力得以实现的，而幻想与梦想的差异很大，若是只想，就可以成为梦想，那么，世界上做梦的人不知道会增长多少倍。

梦想承重了多少？

梦想意味着什么？

梦想究竟可以给予人们多大的力量和多么明亮的未来呢？

人们或许一下子并不容易知晓，因而太多的人沉浸在梦想中，期盼着有一天，可以实现这样的梦想。鲁迅先生曾经这样说过："人生最痛苦的是梦醒了无路可去，做梦的人是最幸福的，倘若没有看出要走的路，最好不要去惊动他。"

鲁迅先生的这段话可以这样来理解，"梦想在自己脑海中呈现出的场景最美了，而要实现这个梦却是最为艰辛的过程，可是，这个过程艰辛但却幸福着，而若是你用错了实现梦想的方式，在路途中才猛然发现，自己走错了路，那么，你将会感到无比的绝望与悲伤"。

　　梦想有时候就是这样的：人们并不知道自己究竟该要往哪个方向行驶，而在前行的途中却会有各种各样的人充斥在生命中，或是阻挠前进、或是耻笑梦想、或是大言不惭地说着："这样的事情，连我这么努力的人都完成不了，你这样的人又怎么可能完成得了，实现得了呢？"

　　千万不要被这些人的这些话给打击了，以至于失去了方向，还记得在看《当幸福来敲门》这部电影时，有这样的一个片段——当儿子说自己想要当一名篮球明星的时候，父亲笑话了他，说："你这样的个子怎么能够当篮球明星呢？"后来孩子有些低落，打篮球都没有了信心。父亲意识到了自己的错误，俯下身对孩子说道："通常情况下，在路上阻止你前行的人，说你无法完成某些事情的人。一般都是那些人自己没有办法实现那些事情，因此，他们认为所有人都应该无法完成那些事。你有个梦想，努力地朝着它前进，或许将来的某一天，你发现，这个梦想就这样实现了，而不是像这样，因为我说的这句话，你就完全没有了信心。"父亲的一番话叫人感动，他在孩子快要迷失的时候剖析了人类的心理，告诉了孩子有梦想很好，不要因为路途中的各种阻挠而丧失了自己的梦。

　　有人曾经这样说过："心有多大，舞台就有多大。"其实还可以补充一点的是——梦想有多大，成就便会有多大，只要肯为之拼搏！

　　都说前人种树后人乘凉，若是把这样的一种关系放到梦想与成就上来，就可以这样说，因为有了梦想，人们知道了自己的方向，就像拥有了一个指路灯，引导着人们向前，所以，人们可以走得更远，可以有更大的作为，可以成就一番意想不到的事业！

　　梦想究竟有多重？梦想究竟能走多远？梦想究竟可以赋予人们什么东西？这些问题是无法用具体的测量仪来衡量的，只是，每个人都必须明白的是，有多大的梦想，肩上、心中便应该承受

多大的重量；有多大的梦想，要付出的艰辛、挥洒的汗水和泪水就会有多大；有多大的梦想，就要付出多大的代价。这个世界就是这样的——总是会在各个方面不同程度地展现它的公平。

梦想的力量有多大，只有用心去追逐过才会知道；将要前行的方向有多远，只有拥有了一个远大的梦想，并不断努力奋斗后，回首才会知晓。每个人都一样，应当怀揣梦想，用力飞翔，飞过高山、越过海洋、穿越云层、触碰星光，而后，看看自己究竟走了多远，究竟到达了哪一个高度，同时看看为此付出了多少代价，获得了多少成就。

没有承受不了的梦想，没有承受不起的人生，没有真的实现不了的梦想，只要人们可以真的为此付出各种代价，只要人们可以义无反顾，可以望着前方在招手的梦想，大步迈进，不畏惧、不退缩、不吝啬付出。一切皆有可能！

谁也无法衡量他人的梦想，就像谁也不知道下一刻站在自己身边的人究竟是谁，梦想，不需要用言语来衡量它究竟有多大，不需要用成就来彰显它究竟多么的让人震惊，更不需要用金钱来显示它有多么昂贵，人们要做的无非就是无愧于自己的内心，因为这份梦想是属于自己的，在自己心中，这份梦想值多大的分量，它就可以值多少，只要人们可以用心去品读自己的梦想，可以用行动证明自己这个是梦想而不是空想、幻想，这就足够了。

因为梦想，从来都不是可以用任何东西来衡量的，除了自己的心，自己的行动！

 # 梦醒时分

　　都说爱做梦的孩子是幸福的，看他嘴角勾出的美丽形状就知道他梦中有多么美好的事情。有人说，爱做梦的孩子其实也是悲伤的，因为现实生活中有那么多的残缺，使得他不得不去梦中寻找那份甘甜。其实，爱做梦的孩子并不坏，逃离了这个世界的悲欢离合，在自己建造的一个小王国中，做着自己的小国王，何等幸福自在，何等潇洒自得？

　　然而，梦，终究是泡影，总会有醒来的那一刻，总会有醒来的那一天，梦醒时分，亲爱的小孩，你哭了吗？

　　别哭，亲爱的小孩。你知道吗，有时候，梦想实现是一种幸福，有时候，梦想破裂也是一种幸福。

　　实现了梦想确实能够让人幸福，那种夙愿得偿的激动感不是每个人都可以品尝得到的，会激动、会兴奋、会呐喊、会呼唤，这都是相当正常的反应，梦想花开了，幸福来临了，真好。梦想变为了现实，奋斗的过程有了真实的回报，多好，所有的付出都是值得的，多棒！梦想变成了现实，真幸福，人们每一天都生活在梦想中，何其美好！

　　然而，梦想破裂未尝不是一种幸福。人们总是爱做梦，在梦

中自己是最厉害的拯救公主的英雄，梦总是悠远又悠长，它总是会超出目标，就算是此刻梦想破裂了，目标却已然实现，实现了目标为何还不高兴？人性最为讨厌又可怜的事情就是——人们总是爱梦想着天边会有一座神奇的玫瑰园，却忘了看一眼窗外玫瑰的美艳。

　　古龙说过这样一段话："梦想，绝对不是做梦，他们之间有着一段非常值得人们思考的距离。"的确，谁能够大言不惭地将梦境里自己想要的一切当作是现实的存在？谁又能够保证梦境中的一切都是自己会拥有的？梦，总是美好的存在，或许很多人都沉浸在梦中不愿意醒来，因为现实太残酷，然而梦总要醒来的，生命并不是一个静止的过程，生命中的一切都应该被赋予鲜活的存在，或许梦醒时分会被这个现实给吓哭，会难过为什么明明在做着那么美的梦，却一定会面临醒来一切烟消云散的事实。

　　年轻人该有年轻的活法，年轻人该有一颗跳动的心，每一次悸动都应该有一个美好的开始，梦想便是一个美好的出发点，或许乍然醒来的那一刻会心痛，然而总要醒来。梦想或许模糊不清，然而它会始终地生活在人们的心中，在宁静的时刻一声一声地敲击着内心的惆怅，不是梦，而是梦想在敲击，因此做梦的人，必须醒来，看清前行的路。

　　梦醒时分，是让人看清这个世界，不再雾里看花，不再异想天开；梦醒时分，是叫人明白这个现实，不是轻而易举便能得到一切，或许蜕去了一层皮也无法将一切改变，会伤会痛，可是终究会得到一些东西；梦醒时分，更是让人去思考，思考自己的人生，思考自己的追求，思考梦境中的自己究竟做了什么，让梦永远是梦，而现实中的自己又该做些什么，让自己在现实生活中也可以活在梦想的状态下。

　　这就是梦醒时分。

# 期盼的重量

　　期盼，是整个中国式教育体制下的一个极具代表性的词，外国人或许都不会明白这个词寓意着什么，但是，作为土生土长的中国人，这个词的意思，想必没有谁不懂。中国的父母，大都是望子成龙，望女成凤，中国的教育从古至今从来都不曾有过太大的差异，可以总结出来的便是无论时代如何发展，中国的父母总不会忘却了对孩子的期待，那殷切的期待；中国的父母都不会轻易地放弃自己的孩子，因为他们对孩子存在着极大的期待。

　　闲来无事的时候，我喜欢在各个论坛、贴吧和微博上逛，看看新闻，听听各方声音，参加各种讨论。我看过一篇文章，是有关高考的帖子。那位楼主的一番话，让我印象深刻。他说："无论你是否承认，你必须认同的一点是，高考是当今中国相对来说最为公平的一个手段，因为它可以让不管是贫穷还是富有的孩子经过努力在同一片天空下学习。这也就是为什么中国的父母尤其是农村的父母会在孩子们的学业上有那么高的要求，会对孩子们的高考成绩有那么大的关注！"

　　我认真地品读了这篇文章，联系实际，忽然觉得他说的很对。期盼的重量，有时候在我们实现梦想的时候会成为鞭笞我们

前行的力量，让我们可以在前行的时候有个方向，有更为明确的目标，勇往直前；而有时候，期盼却会形成一种压力，压得我们喘不过气来，而后，我们会筋疲力尽，不愿再动。

梦想的实现，对于每一个年轻人来说都不是一件简单的事情；期盼，有时候是往前飞翔的一双翅膀，挥舞着这双翅膀，可以抵达远方的远方，拥有了，便心安理得；可是，有时候它却像是在登雪山过程中的一个包袱，越多，越沉，越让人心慌。

现如今的孩子们，就面对着这样的一份沉甸甸的期盼，时代的发展，使得每个做父母的都希望自己的子女可以拥有最先进的教育，进入最好的学校，拥有更多的特长，所以，孩子们就辛苦了。不说远的，就说我周围，我看到了很多人都忙着给自己的孩子报培训班，忙着让孩子去更高级的学校里学习，他们的期待很高孩子们的压力也很大。

我舅舅有一个小女儿，今年上小学五年级，舅舅、舅妈刚开始将孩子送到了县城的一所相对还不错的学校里学习，可是，一个学期后，舅舅他们便通过各种关系将孩子送到了县城里最好的小学里上学，而后，舅妈还特意辞去了原有的工作，到县城里租了间房子，专门照顾小女儿。我其实有些想不通，孩子那样小，甚至都还没有升学的压力，为什么作为父母的他们要做那么多的事情，让孩子感到那种似乎迫在眉睫的压力呢？

我偷偷地问过小表妹："你喜欢这样的生活吗？喜欢在学校里学习的那种感觉吗？"

小表妹嘴角一撇，说道："有什么喜欢不喜欢的，妈妈他们说要向你学习，要考上比你现在更好的大学，因为我现在是在最好的小学，过一年，就要去最好的初中，然后上最好的高中，所以我要更加努力，上最好的大学！"

听了她这番话，我心中百感交集，这样的期待真的好吗？孩子们对所有的安排都尽数接受，可是他们的承受能力又有多大呢？若是因为所有的梦想都是源自父母的期待，那么，这份学习的热忱会持续多长时间呢？

期盼的重量，适度就好，过犹不及。我知道自己要做的事情是什么，我也明白自己选择的路在哪个方向，我在努力着前行，所有的期盼，请不要那样赤裸裸，背负着自己的梦想已经够沉重了，若是还要背负另一个人的梦想和期待，那么我瘦弱的肩膀又该扛起多重的担子呢？而且，我也会害怕，会因为太重的担子而胆怯。

在实现梦想的旅途中，我们已经有了太多的困难和艰辛，我们最亲爱的亲人，请不要再增加我们的压力，要知道，我们可能最不能承受的就是你们失望的眼神！你得相信我们，有你们的期待，加上我们的想法，我们会努力的，可是，请不要因为你的期待便剥夺了我们选择的权利，我们的人生漫长路，总归该是我们自己走！

# 谁的青春不迷惘

　　当尽力将悲观的事情用乐观的态度去表达时，便会发现迷宫顺着走到出口能遇光明，倒着回到起点一样光亮。

　　其实我们都一样，一样地全力以赴追逐着梦想；

　　其实我们都一样，一样地一路走去，带着希望，带着伤痛；

　　其实我们都一样，一样地准备着付出，准备着战斗，准备着成长；

　　我们都一样，正处于期盼未来，挣脱过去，当下使劲地时期。

　　青春是个特别神奇的岁月，谁的青春不迷惘，谁的青春明晰透亮？人生的征途上，青春的时间最为奇妙，有的人青春就那么短短的几年便从此消失，而有的人青春却长久地存在。

　　青春期，懵懂少男少女，花季雨季的美好时光，正要感受人生中要开始的种种曼妙，却遍布着各种诱惑、各种挑战，于是，会有担忧，会有迷惘，可更多的还是激情与拼搏向前；

　　青春期，懵懂的少男少女，美好花季雨季的时光中，总会遇到种种意想不到的事情，会有潇洒不羁，会猝不及防，会狼狈不堪，但更多的是不怕——不怕动荡，不怕转机，不怕突然。

　　若把生命比作是一棵常青树，那么，青春就是绿叶茂密舒展的时候，在这个时候，因为春风吹拂、夏日灼热、秋风瑟瑟，绿叶会挣脱树的怀抱，随风飘扬，任凭阳光灼晒，冷风呼啸，寻找着自己的归处。它飘啊飘，飞啊飞，停在了草原上、沉入了小溪、大海中，埋入了冰雪堆积处。就像青春的少男少女，挣脱了家中父母温暖的怀抱，逃离了校园安逸平静的生活，为了寻找青春的自我该前往的方向，兜兜转转，寻寻觅觅，最后，总要找一个地方落脚。途中有奋斗的泪水，有拼搏的汗水，有失利的血水；悲伤、失望、难过倾巢而来，然后有人迷失，有人堕落，有人逃避，有人奋起；后来，这些有了不同选择的人，便有了不同的归宿，或纸醉金迷，或春光满面，人生得意。

谁的青春不迷惘？谁的青春不迷茫？青春的少男少女年幼稚嫩，仅凭借着自己的认知和鉴定来衡量人生过程的悲欢喜忧，对的错的，尝试了便会知晓；青春的少男少女年少轻狂，仅凭着自己青春的资本和不羁来定向自己的行动指南，或许会有冲动的惩罚，或许会是美妙的体验，试过便会知道。

谁的青春不迷茫？谁的青春不迷惘？走过青春的路，看过路旁的风景，而后会需要自己去体验那风景有多么耐人寻味，又有多少酸甜苦辣。

走过了青春路的人，总结了青春的征途与归宿，而后告诉正在经历青春的人，说："别害怕彷徨，别担心迷茫，青春就是这样的，总要经历了这些，品味了这些才算真正的青春！"

不害怕，不担心，青春在舞动，青春在跳动，青春在挥洒，青春会迷惘，可是应该不要迷失；青春会迷茫，但是不应该茫然。

我们都一样，我们都一样渴望梦想的光芒，这一路喜悦彷徨不要轻易说失望；让鼓励陪伴孤寂旅程；让内心感动和努力守护心中的梦想和青春希冀。

未来，会更美好，因为就算迷惘的青春也应该会有不失败的未来，只要肯努力，肯追求，肯拼搏！

164

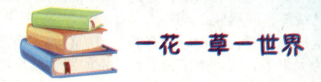

# 一花一草一世界

清晨，饮一杯清茶，热气在青瓷杯中飘散，而后，帮亲人送一杯牛奶，让微凉的空气中满布着浓浓的奶香，深吸一口气，抽出一本书，静静品读，笑一个，人生这般娴静；

踏步在初春的草原上，吐一口浊气，呐一口清新，感受春天万物复苏的开始，柳条迎风拂动，迎春花开得娇艳，嫩绿的叶子唰唰作响，这时，看着蔚蓝的天空，笑一个，人生这般美妙；

穿越在夏末的花丛中，带上一副棋子，携着朋友亲人坐在有萤火虫的地方，沉思、敲定，听着孩童们在花丛中穿梭呼唤，抬头看满天星，随手一挥，抓住一只萤火虫，在躁动的夏天享受一番灵动的美感，笑一个，看，人生还能这般惊喜灵动；

畅游在晚秋的枫林中，穿上自己最喜欢的大风衣，张开双臂，闭上双眼，品味一番秋风萧瑟洪波涌起的悸动，看晚霞升起，将自己融入这一片火红的世界中，这时，可以抿嘴一笑，呵，人生可以这般悠闲自在。

在岁月中跋涉，每个人都有自己的故事，当看淡的时候心境才会秀丽，看开时心情才会明媚。累时歇一歇，随清风曼舞；烦时静一静，与花草凝眸；急时缓一缓，和自己微笑。

　　一花一世界，一草一天堂，一叶一如来，一砂一极乐，一方一净土，一笑一尘缘，一念一清净。每一个事物都可以构成一个世界，每一个人都可以拥有一方天堂，无需在乎外在的得与失，无须惦记着这样那样的锦绣山河，拥有自己的一个世界，为自己的生活呐喊喝彩，无论成与败，无论荆棘坎坷与康庄大道，总要记得对自己微笑，淡然处之。

　　有人这样总结过人离世时会有的状态：有的人痛苦地闭上了双眼，因为太累了，活得太辛苦了，行走的路太过坎坷了，回首过去，看到的全部都是自己哭泣的身影，看到的都是无助、悲伤的过去，看到的都是自己满是泪水的脸庞，人生这般无趣，这般难过，不如早点儿离开；有的人恬静地合上双目，嘴角甚至还勾勒出了一个美丽的弧度，这些人一般都是活着时候经常笑的人，就算是遇到了各种磨难，就算是生活并不那么美好，可是这些人总能够为自己寻找到快乐，淡然处之，娴静过日，对自己微笑，就是在自己的一方土地，还能够构建出自己的一个美好乐园，然后就算日子过得有些拮据，还是很能够将日子过得有滋有味、有盼头，所以，到了最后要离开了，可以将一切都放下了，因为也没有多少事情需要操心，哭着来到这个世界上，至少可以选择笑着离开。

　　这个世界，人们热热闹闹地来，可是却会悄无声息地离开，人的一生，最终总会如尘埃落定一般，静静地感受、回味这一生的所有。拥有了一个人生，便是一种幸福；拥有了幸福，为何不始终保持着这份幸福，笑对生活，笑对自己，笑对亲朋好友；用微笑感染每一个明天，用微笑构建一个美好的家园，让回味无穷，叫悲伤远离。

# 第六辑
# 按照自己的想法成长

　　你有你的偶像，你崇拜，你仰慕，你拼命地追逐，偶像的力量多么强大！这一刻的你是这样的，下一刻，你想成为谁？你有你的光环，你应该有不一样的表现，那么，你要成为怎样的人呢？

　　你就是你，你可以成就一个不一般的你！

# 偶像效应

　　每个人在成长的过程中都会有一个或者几个偶像，每个人最初的偶像或许是父亲母亲，或许是老师，或许是某位明星，又或许是对他影响比较深的某一位亲人。因为每个人都生活在一群人中间，因此无可避免地，成长中会有周围那些人的影子，或许年幼的孩子们还曾在自己的本子上十分励志地写下过："我要成为某某人，拥有那个人的气质！"

　　这就是偶像效应。偶像效应往往是因为自己的见识或者阅历不够，因而导致了人们对那些比自己优秀、做出过贡献、给自己带来过快乐的人产生了一定的好感，从而使得自己产生了要成为那样的人的一种心理行为的过程。

　　其实偶像效应并没有什么不好，人们的成长过程中总要有个偶像来激励自己前行，如此一来，自己的目标才会更加明确。例如，有个人，他从小就十分喜欢齐白石，他父亲每天下班回家都会跟他讲齐白石的画、齐白石的生平。从此，他喜欢上了齐白石的画，并且自己也想学习国画。于是，他总是很认真地去少年宫学习，在学好了基本的画画技法之后，他便开始揣摩齐白石的画，他想要成为像齐白石那样的一名画家。于是，他努力着，不仅仅是画像齐白石的那类国画，画虾画石头，他还学了其他的国画画风，后来，他以优异的专业成绩被一所重点大学录取了，如今的他会画他喜欢的画，而且越来越有大师的风范了！

从小便有一个那样的榜样激励自己前行，督促自己努力，是多么好的一件事，就因为齐白石是他的偶像，他总是以从父亲那里听到过的有关齐白石的故事来约束着自己，他努力学习，每天都会花上几个小时来练画，尽管他并没有齐白石老先生那般有名气，或许，他也并不是画得最好的，可是，齐白石画作的神韵已在他心中。因为，他从小就在心中驻进了一个齐白石，他将向着齐白石的方向不断的努力。

然而，有些人却相当不理智，他们沉迷偶像，将自己的一切都搭在了那位偶像的身上，完全痴迷、完全忘记了自己是谁，忘记了自己的身份。比如那些为了去看某一位偶像歌手的演唱会，放弃中考、高考的学生，他们甚至还信誓旦旦地说着："那可是我的偶像，过了这一村，就没有这一店了，放弃考试算什么！"如此疯狂，如此是非不分，如此本末倒置。

原本偶像就拥有一个庞大的粉丝团，每个人都只是其中的一分子，或许可以算是十分微不足道的一部分，人们若是为了偶像，为了想要追求偶像将自己生命中最重要的人、最重要的存在都丢弃了，如何才能够补偿回来？偶像，可以是人们追逐的一个方向，却不能变成人们生活的所有；偶像，可以是人们前进的一个动力，却不能因此将人们的生活改变；人们可以存在一个追求偶像的梦想，却不能将偶像作为生命中唯一不可或缺的部分。偶像毕竟离自己有一定的距离，无论是空间还是思想都相差甚远；因此，谁也不能为了偶像把最重要的家人舍弃，不能为了偶像放弃最重要的人生抉择。不要让偶像难做，也不要让父母家人难过，更不要让自己未来回想起一切的时候后悔不已。

　　想要追逐偶像们的足迹，可以试着关注他们的动态，看看他们在做些什么，看看他们成功背后努力的汗水；可以试着走进他们的世界，感受那个世界会带给自己怎样的感动，看看他们的世界与自己的世界存在多大的不同，自己又该努力做些什么才能让自己与偶像相差不那么远，而不是作为他的跟屁虫，他到哪儿，自己跟着去哪儿，像牛皮糖一样，怎么甩也甩不掉，还造成了舆论的暴动，影响了各自的生活。

　　偶像效应，应该是这样的一种效应，即有自己喜欢的偶像的人可以对自己的人生进行一个规划，追逐着偶像前进的方向前行；可以试着去做做偶像做过的成功事情，看自己可以做到哪一步，不必花太多钱，不必成为那位偶像，做自己就好，因为人总要活得像自己！

　　偶像，用来崇拜，用来追逐，用来超越，但不是用来模仿，用来沉沦，用来迷恋的。有了这样的一个可以参考的偶像效应，我们该做的是什么，你懂了吗？

 # 过去的过去了

有一句话说："人不可能掉进同一条河里两次。"

还有一句话说："今天的你和昨天的你，相同又不同。"

过去的都已经过去了，就算今天跌入了一条河中，昨天也曾跌进了这一条河里，今天的这条河也与昨天的那条河是不同的了，昨天的河水冲刷过底下的石子，可今天的河流与昨天的不相同，过去了的那条河，已经不同于今天的这条河了；昨天的你同今天的你不同，因为你今天的状态同昨天的状态是完全不同的，但是，你又是这样的一个你；光明之前的黑暗，在光亮来临的那一刻已经消失，因此，过去了的黑暗真的过去了！

人们不要沉浸在过去的悲伤中不能自拔，也不能被过去取得的成功冲昏了头脑，过去的一切，就让它像一阵清风吹过，不带走任何美好的感受、静心、坦然。

朋友讲过一个故事，说的是她的堂姐。堂姐原本是个相当出色的女子，才华横溢，个性张扬，曾是一家人的骄傲。可是，就是这样的一个女子，却因为感情上的不如意，陷入了自己给自己设定的一个死胡同里。她活在了她男朋友还没有离开她的那段时

日里，她时常把自己关在房子里，房子里摆着男朋友和自己的相片，满满的都是。她总是二十四小时开着机，会等到深夜，等着那个永远不会响起的电话，她总是活在自己臆想的世界里，渐渐地变得癫狂，最后患上了严重的抑郁症，被送进了精神病院。

朋友对我感慨："你是不知道，小时候的我最希望就是成为像我堂姐那样的人，可是现在，我是不是只能说造化弄人呢？"

我还没来得及说话，一旁听着我们聊天的一位老师就插话说道："内心懦弱的人才会那样总是活在过去，才会没有勇气接受生活给你的压力。你那堂姐或许从来就不是什么强人，她可能是强撑着自己很厉害的样子。"

老师说的话很对，"内心懦弱的人才会那样总是活在过去，才会没有勇气接受生活给你的压力"这句话蕴含着极大的道理，试想，一个人都不敢往前看，还能够谈什么未来，一个人因为过去的一点点挫折便备受打击，那么他的人生还会有什么精彩可言呢？过去的一切都不是可以影响人们前行的东西，哪怕过去昏暗地生活了很长的时间，堕落了很长时间，只要肯奋起，没有人会真的从心底嘲笑这个放下了过去的人！

曾经，一位军训的教官对班上的学生说过这样的话："你们现在开始就是一个全新的人了，过去的一切都已经过去了，不管你们曾经获得了什么，失去了什么，从这一刻开始，你们都可以自己去争取。"

而最近，因为实习的事情，我对这位教官的话有了更进一步的认识。我们实习单位的老总这样对我们说："你们不要给我看你们的简历，不要告诉我你以前在学校里有多么优秀，我现在要的是你们在我单位里能够实实在在做事情，其他的，一切免谈！"

有一个同学就对老总安排的工作很不满意，她跟老总抗议："我在学校里是那样优秀的学生，您怎么能不让我接触您那里可以体现我价值的东西呢？您让我们去跑市场，我们能够学到什么东西？"

老总很不屑地说："你现在说什么价值，可是一个什么经验都没有的人，有怎样的价值呢？单凭你问我在市场里你们可以学到什么东西，我就可以直接地否定你说的所有优秀！"

他的话，让我一下明白了：不管明天在校园里，我们取得了什么样的成绩，在他们眼中，我们只是一个实习生，只是一个需要在他们公司中做事的人，只要可以做实事，只要在公司的这段时间可以为公司创造价值，那么，我们就是优秀的人，就是他们眼中的佼佼者！

过去的，终究是过去了。或许有价值，或许没有；或许潇洒肆意，幸福美满；或许苦痛连连，命运多舛。但是它们都已经过去了，人们要看的是未来的路，该往哪边走！每个人都需要好好地思考，未来的路很长，或许很艰难，但是却可以很幸福，因此，每个人都必须放下过去的枷锁，不要带着沉重的锁链上路，让那些东西压在自己的身上，阻碍自己前行的路。

让过去的过去吧，珍惜现在，在现在的生活中创造美好，叫未来充满美好的回忆，让人生多些美妙的存在！

让过去的过去吧，把握现在，在现有的日子里创造未来，让人生更加丰富多彩！让美好的日子来得更加汹涌澎湃！

# 别人不是你的目标

　　小的时候，在被人问"你将来想做什么"的时候，孩子们总会说出例如：科学家、医生、飞行员、孙悟空等千奇百怪的答案，这些答案有时候叫人啼笑皆非。但是，那些答案都是年幼的孩子们能够想到的最风趣、最伟大、最符合自己心境的答案。然而，长大之后，人们便会用某一个人作为自己的梦想，作为自己前进的目标，比如想要成为歌手的人，往往会以王菲、刘德华等人为目标；想要成为跳水运动员的人，通常会将郭晶晶、田亮等人作为自己的目标。那么，这样的目标究竟对不对呢？

　　有这样一篇哲学性质的文章，曾这样总结道："一株优秀的小草从来不把那高大挺拔的大树作为目标，因为不管小草多么的努力，它都无法成为大树；它的目标是它自己心中的那株草。同样的，一棵优秀的杨树也不可能将那常青柏树作为自己的目标，因为不管它如何的调整，它最终也只能长成一棵高大挺拔的杨树；它的目标该是自己理想中的那个自己。"

　　由此可见，人们不必将别人作为自己的目标，尽管在人们自己眼中，那些名人，那些偶像们都可以算得上是榜样，但是，人们实在是没有必要为了可以跟那个人一样，变得没有了自我，变

得失去了自己最为重要的品质，只知道模仿、追逐那些人。

想成为怎样的人，便去追求；每个人都应该要给自己描绘一个美丽的蓝图，不是将自己当成某个人的影子，追逐一个目标，设置好了目标却不能失去自我。每个人的目标始终应该是围绕着自己而存在的，不能盲目地去寻找、去仰视，认为别人的，才是最好的，这完全是一种误解！

每个人的生命过程都是一个极为美妙又神奇的过程，每个人都会学着去成就自己，每个人都有自己的使命和任务，在构思自己的人生规划和未来指南的时候，不应当有任何杂念，不应该试想着要成为某一个人，而是时刻谨记着这一刻是"我"在做这项决定，而做下这个决定是为了未来成就另一个"我"！"我"想要未来变成怎样的一个"我"。注意，是变成怎样的一个"我"，不是别人，不是任何偶像，任何榜样、目标，不是任何你崇拜、仰慕、敬佩的人，"我"只是单纯的"我"而已！

有一位名人说过："人生最大的悲剧是活着，却发现自己早就已经死去，因为此刻活着的人不是自己，自己早已在这茫茫人海中迷失，并最终消失殆尽。"失去自我是件很危险的事情，失去自我就意味着这个世界里没有自己的痕迹，而那个痕迹作为人生规划来说，是件相当重要的事情。每个人要成为的人必须是自己，每个人都该有自己的目标，而自己的目标瞄向的方向必须是自己坚定着的方向，不是为了追逐某人的足迹而创下的，仅仅是因为自己想了，思考了，谨慎确定下来的。

因此，人们要记住，一切的目标都是为了自己而设定的，没有自己这个主体，这份目标便没有了灵魂，没有灵魂的目标，就算是做出来，也没有任何意义！

为自己定下目标吧，不要让别人成为了你的目标，因为人们在成长的过程中会变成的、要变成的是最为真实的自己。

前行，靠的是自己！目标也只能为了自己而定，定下的目标也是自己要实现的。你将来想做什么？

答案是：做自己！

# 不要成为"某人第二"

　　湖南卫视曾经有一个模仿类的节目《百变大咖秀》，现已经停播了，很多观众对此纷纷表示遗憾，这个节目给观众朋友们带来了很多的快乐，因此，大家纷纷在各大论坛和网站上表示——期待湖南卫视可以早点儿让大咖秀"重见天日"，很希望可以再看到大咖秀这个节目。

　　按理来说，模仿类的节目，湖南卫视不是首创，那么究竟是什么让这个节目变得那样红火呢？专家做出了这样的评说："《百变大咖秀》这一节目是一个类似原创性质的节目，因为尽管他还是属于模仿，却依旧具有它的首创性，因为就算是模仿大咖，他们这个节目中所有艺人所表现出来的特长都具有自己本身的特点，不是单纯地模仿，总是有自己的笑点和乐趣在里面。否则，单靠模仿，这么多个模仿秀节目，怎么《百变大咖秀》就能够成就那么高的收视率呢？能够获得那么多观众朋友们的好评呢？"

　　相信看过大咖秀的观众都有注意到，每一期的大咖秀节目都有一个主题，主持人的风格都随着自己所扮演着的角色相应地具有了角色本身具有的特点，而每一期的评委们都会表现出这一期主题该有的特点，配合着每一期表演者的表演，让人感受到一种相当新鲜的感觉。这也就是为什么《百变大咖秀》在中国众多模仿节目中会相对出色，收视率相对较高，艺人喜欢来参与的原因。因为它虽是一个模仿类的节目，却还是有着自己的精神，不是真的成为某人第二，这让节目有看头，让人有期待，因此才会成功。

大咖秀里面有个模王秀团，其中有一位张杰的扮演者，他似乎深陷这个角色中无法自拔。在2013年《快乐男声》中，这位扮演者就来到了选秀舞台上，参加歌手的选拔，他唱的还是张杰的歌曲。然而，他的歌曲还没有唱完，便被评委按铃否决了他成为全国百强的资格，其中有一位评委语重心长地对他说："请你早点儿做回自己吧，除了模仿秀，你便不再适合做张杰了。"

其实，在娱乐圈里，很多人都喜欢说，谁是某某人第二；可是，这样的头衔真的好吗？

这个世界上相像的人那么多，如果因为别人的一句"你跟那谁谁好像"，便开始刻意地去模仿，将自己的特色改掉，变成那个大咖的第二，然后以为自己成功了，以为这就是自己的骄傲，事实上，过了不久，人们便会发现，这其实是一种失败。因为每个人都会清楚地明白自己成了那个第二后，无法像那位第一那样出色。甚至不知道自己是否可以达到那位第一的高度，哪怕是那位第一最低迷时候的高度。

曾经听到过这样的一段对话，A对B说："哎，你看你好像那个明星！如果穿上她的那套衣服，弄个她那样的装扮肯定会分不清你们谁是真货谁是盗版！"B听了这话，当时就生气了："我为什么要穿她那套衣服，弄她那个发型、那个装扮，她是正版的她，我是正版的我，我干吗要去做盗版的她？秀逗了吗？"

其实这段对话也在一定程度上表明了，人们其实并不乐意做谁的第二，只是人们认为与名人相像似乎是件值得自豪的事情，因此，人们会失去判断能力，认为做这样的一个第二其实也是没有什么损失，因而会试着去做这样的第二。

可是，某某人的第二，真的是有人打心眼里想要的吗？其实人们没有几个会愿意去做，但是因为迷糊了，很多人会试着去做这个第二，可是尝试后会发现，第二永远会被遗忘，这个时候，想要改，却相当的困难，因为人们往往很难分清楚自己究竟是第二，还是自己了。

某某人的第二，不要去尝试，不要将青春浪费在一次次地模仿中，不要陷入了糖衣炮弹，将第一的自己抛之脑后，要知道，做第一的自己是一件多么幸福又有创造性的事情啊！

去做第一吧，你自己就是第一，无须成为谁的第二！

# 独特的你

　　神说，要有光，于是，他大手一挥，创造了光，这世间便少了黑暗和阴冷；神说，两个人太孤单，于是，便手指一点，培养了很多孩子，这世界便少了孤寂多了热闹和人气；神说，每个人都一样，太枯燥，太无趣，于是便给每个人都刻上了不同的印记，每个人都是被摔过一次的陶瓷，没有了完美无缺，多多少少会有些不同。

　　或许在这芸芸众生中，你是一个很平凡、并不出众，甚至都没有什么特色的人；或许将你和一群同龄的人放在一间大大的房子中，或许刚刚认识你的人一时之间根本无法识别到底谁才是你。然而，这些事情都不值得让你对自己产生怀疑。

　　因为，你就是你，这个世界上只有这样的一个你，无须妄自菲薄，无须轻视自己，要相信，就算是这样的一个平凡得不能再平凡的你，就算是这样的一个普通得不能再普通的你，在一些人眼中也是无可替代的，而且是弥足珍贵的。世界上总归会有那么一群人因为有你，他们的世界才变得更加丰富；因为有你，透明的日子才会过得有滋有味；因为有你，他们才会显得重要！

可是，必须强调的是：这个世界上的每一个人都是一个独特的存在，尽管有时候别人会不屑地说——别把自己太当回事，地球少了你还是会转动，太阳依旧会每天都从东边升起，从西边落下。可是，那又怎样？这个世界的自然规律谁也无法改变，难道人们还要与自然去争辉？

在这个世界上，创造一个独特的自我是相当重要的，因为这个世界上的人很多，人们若是都一样的脾气，一样的行为，那么世界上也就会少了很多的乐趣，而一个独一无二的人，会像一阵轻风在炎热的夏日吹过，可让人有片刻的清凉，耳目一新的感觉便是这样产生的。

每个人都该有自己的独特之处，就像世界上的树叶没有两片会是完全一样的，人们也该要追求一种不一样，而这种不一样的体现便是人们可以将自己的个性、自己的风格在合理的范围内无限度地扩张开来，给世界一个清晰的面孔，让世界还一片惊叹的声音。

不管现在的个性、风格是怎么样被人看待，请好好地保留，好好地对自己，说不定哪一天，世界上流行的或者名垂青史的就是自己的风格，就像曾轶可的绵羊音、凡·高的印象画。

为了一个世界上独一无二的未来的自己，是时候做准备，开始定下自己的风格与个性，开始准备让世人震惊，叫自己惊艳！

# 创造属于你的天地

当一栋新房子建好的时候，人们便会想着自己的那间房子该如何装修，如何将风格都变成自己所喜欢的、符合自己审美标准的。每个人其实都喜欢那种真真切切的属于自己的空间，喜欢那种在自己空间中可以掌控一切的感觉，喜欢能够在一个悠闲的空间中享受自在美好的感觉；很多人喜欢自己在一个精美的带锁的本子上记录自己的心情、感受以及一些无法对任何人说起的故事，这是属于自己的秘密，而那本本子就像是人们的内心世界，就像是专属于人们的一片天地。

可是，生活却并不那么仁慈，它不会像人们所期盼的那样给人们专属于自己的天地；有谁可以建立和拥有自己的天地？有谁又能够在自己所创建的天地中享受这份快乐和美好？这一切都是需要人们自己的努力，成就自己的一番天地，就像人们想要自己的房间充满属于自己的气息，这时候，人们便必须要亲自参与设计、参与装修，并在其中居住；若是人们想要自己所购买的本子里全部都是自己的秘密，那么人们就必须要时刻地写，让本子填满自己的情绪和心情，让本子里充满属于自己的感受。

生活，并不容易，而创造一个独属于自己的生活、自己的天地更加不容易！每个人都是独立的个体，可是任谁都会在不同程度上与别人相联系，每个人都可能受到别人的影响，从而变得束手束脚，失去了自己创造生命痕迹的勇气，这是件可悲可叹的事情，所以，趁着年轻，趁着不论是心理还是生理都是年轻的时候，立刻行动起来，努力地创造一个属于自己的天地，在这个天地里描绘出专属于自己的蓝图！

人的成长会面临很多问题，诸如"你想要什么样的人生？你想让自己长成什么样子？你乐意你的生活变成怎样的一副样子？"等，或许谁也并没有很明确的答案，但是，人们必须要有一个粗略的构想，倚着这个构想为依托，行动起来，一步步地来，就算今天的目标很小，就算最后的构想依旧不够伟大，可是这是属于自己的人生，自己想把自己变成的样子，这就足够了！

有人说，人生就像是一场演出，有的人在舞台上面唱的是独角戏，有的人在舞台上面演奏的是大合唱，可是，不管是独角戏还是大合唱，只要能够吸引众人的目光，那么，这个演出就是一个十分成功的了，人生便丰富了。如果人生是一场演出，那么我们每一个人都会有不同的感动，因为每个人的人生是自己的，只有自己满意了的人生才算得上是真正成功的人生。

舞台上的人们，要为了自己的演出创造出属于自己的特点，在那个舞台上演绎出属于自己的光芒，创建属于自己的天地，这就够了。至于吸引人还是不吸引人并不重要，因为每个人的眼光都是不同的，有一千个读者就有一千个哈姆雷特，谁又能够让所有人都对自己的表演满意呢？

勇敢的年轻人，去创造奇迹吧，为自己的人生谱写出一副属于自己的辉煌画面；为了自己的人生演绎出一场能够表现出光彩的演出。

勇敢的年轻人，趁着还年轻，趁着一切都还有可能，奋斗出属于自己的彩色天空，自己的人生，自己去创造，去舞动才算是真正地属于自己的人生，年轻拥有着无限的可能，莫让未来后悔，不要让自己的决定成为未来无数次想起来会觉得痛心的画面。

你就属于你自己，你的人生也是属于你自己的人生，没有谁可以替你做决定，决定你是否能够拥有一片不一样的天空，只有自己可以决定自己的人生，也唯有自己可以为自己的人生创造属于自己的天地人间！

请为自己创造一片天空，这份决心一定要坚定，一定要够强大，可以抵御一切干扰，一切苦难，好好地思考，好好地琢磨，天地人间，一切都会很美好！

# 吃亏是福

　　吃亏，一个并不那么美好的词，很多人在一定程度上对这样的一个词还是有些抵触情绪的。在很多人的眼中，吃亏意味着委屈了自己、意味着自己的利益并不能够完全地得以保全、意味着自己会有损失，会被伤害。然而，有谁的人生可能不吃亏？有谁又可能总是得利，总是占先机？

　　美好的人，总会给人一种不一样的气质，其中的一种气质会很明显地被人察觉，那便是与世无争。所谓与世无争，并不意味着碌碌无为，而是对人待物的一种哲学，不争论，不世故，保持着一颗谦让的心，接触这样的人，很容易会让人能够感受到一种温馨的美好，就好像一杯泡得恰到好处的绿茶，没有喝的时候会闻到一股淡淡的清香，而喝下去之后又会在口腔里尝到一股浓郁的茶香，在胸口感受到一种暖暖的沁人心脾的美好。

　　人，越成长，越能够体会到一种无法用言语轻易表达出来的无奈感，这种无奈感并不是对这个世界的无可奈何，而是对自己的无奈。很多人，很多时候总会在自己并不愿意争吵的时候与人发生争论，争论过后，有的人会后悔，会觉得丢脸，更有甚者会

觉得生活很不妙，进而丧失了生活的乐趣。这种无奈，这种情绪其实是可以避免的，只是很多时候，人们总是不愿意承受这样一种让人沮丧的情绪。

当你经历了越多的事情，便会明白这个世界确实是存在了很多的不公平，然而这种不公平或许可以通过自己不择手段的争取消除，但是有的时候，无论如何努力都不能消除这种现象。可是就算是知道了这个既定的事实，还是有很多的人会像飞蛾扑火一样地去争取，甚至去争吵，总以为这样自己就不会吃亏，而不吃亏，哪怕因为这种不择手段被人骂了，也觉得没有什么不可以。就像是坐旋转木马一样，有的人明明知道不管怎么转动，也无法追上前面的人，无法与身边的人紧密相连，却会仍然有人紧紧地抓住前面木马的一角，牵住身边的人的手，试图减少这个距离，试图改变这一个现状，其实这只是自欺欺人罢了。

吃亏是福，或许在生命历程中，吃亏的感觉真的不好受，可是未来那么的美好，未来会有那么多的机会，哪怕这一次让一让，又会失去什么呢？人总要保持自我的一种善良，总要有一种能够吸引人的品质，哪怕这种品质再小，也总有一天会发光发亮，会让人从心底明白：这个人是个不错的人。就像很多在敬老院里做义工的人，他们并没有工资，做着自己能够做的事情，他们在吃亏，在付出，然而，他们却收获到了很多，被敬老院里的老人感动，被社会人士看重，给予他们工资不菲的工作。

吃亏是福，或许它并不是那么明显就能够让人感知到，但是日子久了，便会体会到那种淡淡的快乐，就像一杯咖啡，尽管入口的时候会有苦楚的感觉，但是慢慢地，还是能够品味到那种美妙感觉。别把吃亏当作是洪水猛兽，想象它是一只小猫，就算有时候小猫会发飙，会咬人，但是，很多时候，它是温顺的，时不时地顺着它的毛抚摸一番，它就会蹭着你的手，让你心痒痒的，生出一种难以表达的美妙质感。

生命的内涵

　　不管如何，不要把吃亏当作是不可触及的东西，人生于世，总会要品味吃亏的个中味道，若总是想赢，总是争论，总是喋喋不休，那么这样的生活怎样才是一个尽头？怎样才能品味到生命的美好？